Die Schatten im Wind

Zum Inhalt:

Die Geschwister Anne und Robert kommen Ende der 60er bzw. Anfang der 70er Jahre in der Deutschen Demokratischen Republik zur Welt. Eines Tages werden sie von fremden Personen abgeholt, in ein Kinderheim gebracht und zur Adoption freigegeben. Anne und Robert werden von unterschiedlichen Familien aufgenommen. Damit trennen sich ihre Wege. Alle Verbindungen werden gekappt. Den neuen Eltern wird gesagt, dass es Waisenkinder seien.

Während Robert in den nächsten Jahren mit seinen Erinnerungen kämpft, erinnert sich Anne an so gut wie nichts mehr, was mit ihrer alten Familie zu tun hat. Sie wächst in einer ihr zugewandten Umgebung auf und wundert sich nur über einen unverständlichen Erinnerungsfetzen, der hin und wieder durch in ihren Kopf zieht.

Robert entdeckt mit einer alten Kamera seines Adoptivvaters die Liebe zum Fotografieren.

Da fällt im Herbst 1989 die Mauer. Die DDR löst sich auf, tritt dem Geltungsbereich des Grundgesetzes bei und wird Teil der Bundesrepublik Deutschland.

Robert taucht in das neue Leben ein und macht Fotos, die auch von der Zeitung veröffentlicht werden. Nachdem er vergeblich versucht hat, seine leiblichen Eltern und seine Schwester zu finden, verlässt er seine Adoptiveltern und strandet auf Lanzarote, der Insel im Atlantik, auf der die Passatwinde kräftig wehen. Die Schönheiten der Insel stehen im Kontrast zu seinen trüben Erinnerungen und sind ein Schauplatz für ganz besondere Begegnungen.

Zur Autorin:

Edelgard Moers, Dr., Lehrerin i. R., ist Autorin von Romanen, Schulbüchern, pädagogischer Fachliteratur, didaktischen Materialien und Kinderlieder-Texten. Sie ist Dozentin für Lehrerfortbildungen, und sie wohnt mit ihrem Mann in Dorsten.

www.edelgardmoers.de

EDELGARD MOERS:

Die Schatten im Wind

Roman

Bibliografische Information der Deutschen Nationalbibliothek:
Die Deutsche Nationalbibliothek verzeichnet diese Publikation
in der Deutschen Nationalbibliografie; detaillierte bibliografische
Daten sind im Internet über http://dnb.dnb.de abrufbar.

Lektorat: Uta Kegel, www.schreibwerk-kegel.de
Titelfoto: Jürgen Moers

© 2020 Edelgard Moers
Satz, Umschlaggestaltung, Herstellung und Verlag:
BoD – Books on Demand, Norderstedt

ISBN: 978-3-7526-7963-2

Inhalt

Calau, 1975: Allein ohne Eltern

Ein schwarzes Auto hielt vor dem Schuleingang.

Robert stand an der Seite seines Lehrers und sah, wie zwei Fremde aus dem Auto stiegen und auf sie zugingen. »Wollen die zu uns?«

Aber der Lehrer antwortete dem Jungen nicht.

Die beiden Männer ergriffen Roberts Hand und zerrten ihn zum Auto.

»Was wollen Sie von mir?« fragte Robert verzweifelt.

Aber die Fremden sagten nichts. Sie drückten ihn nur wortlos auf den Rücksitz.

Dort saß mit verweintem Gesicht seine kleine Schwester Anne. Sie wirkte völlig eingeschüchtert und schluchzte immer wieder laut auf.

Eigentlich hätte Robert sie nach der Schule aus dem Hort abholen und mit ihr nach Hause gehen sollen, denn seine Eltern waren noch auf der Arbeit. Er nahm Anne in seine Arme, drückte sie fest an sich, streichelte ihr über das Haar und sagte immer wieder leise: »Alles wird gut. Ich bin ja bei dir.«

Wer waren diese unfreundlichen Menschen, und wohin wurden sie nur gebracht? Robert verstand nicht, was vor sich ging. Aber er ahnte, dass seinen Eltern etwas passiert sein musste. Sie hatten einmal davon gesprochen, dass sie sehr vorsichtig sein müssen. Aber warum, das wusste er nicht. Es musste irgendetwas geschehen sein. Robert nahm sich ein Herz und fragte wieder: »Wo sind unsere Eltern?«

Endlich begann einer der beiden Männer zu reden. Seine Stimme klang eiskalt. »Eure Eltern haben unseren Staat verraten. Ihr kommt jetzt in eine bessere Familie, wo ihr gut erzogen werdet, nach sozialistischen Grundsätzen.« Die letzten drei Wörter betonte er besonders.

»Wir möchten aber zu unseren Eltern.«

»Sei jetzt still.«

»Wir wollen nicht in eine andere Familie.« Robert versuchte, mit fester Stimme zu sprechen, aber er zitterte vor Angst.

Der kleinere Mann fuhr ihm über den Mund. »Du hast hier keine Ansprüche zu stellen. Eure Eltern haben euch verwahrlosen lassen. Sei froh, wenn euch überhaupt eine Familie aufnehmen will.«

Robert kniff die Lippen zusammen und ballte die Fäuste. Am liebsten wäre er aus dem fahrenden Auto gesprungen. Doch da war ja noch Anne. Er konnte sie nicht allein zurücklassen.

Dresden, 1975: Trennung der Geschwister

Nach zwei Stunden hielt das Auto kurz vor einem großen Eisentor, das sich wie von Geisterhand öffnete, dann fuhr es langsam noch einige Meter. Vor einem großen dunklen Gebäude mit einer breiten Eingangstreppe blieb es stehen.

Auf dem obersten Treppenabsatz stand eine Frau mit einem strengen Haarknoten und einem grauen Kleid.

Anne und Robert waren völlig eingeschüchtert.

Als sie mit ruppigen Griffen aus dem Auto geholt und die Treppe hinaufgeführt wurden, krallte sich Roberts Hand in die seiner kleinen Schwester. Jetzt bloß nicht getrennt werden, dachte er. Er erhaschte einen kurzen Blick auf die hohen Mauern rings herum, und im Augenwinkel konnte er sehen, wie das Tor, durch das sie gekommen waren, ins Schloss fiel. Weglaufen wäre unmöglich gewesen.

Die Frau stellte sich als Heimleiterin vor, nahm die Kinder in Empfang und begrüßte sie mit ihren Vornamen.

Die beiden Männer hatten ihre Aufgabe offensichtlich erledigt. Sie drehten sich um, stiegen ins Auto und verließen das Gelände.

Robert verstand immer noch nicht, was gerade passierte, und Anne schluchzte wieder laut auf. Immer wieder fragte er, wo seine Eltern wären.

Aber die Frau reagierte nicht darauf.

Eine zweite Frau in grauem Kleid trat aus dem Haus.

Sie sprach Anne an. »Na, meine Kleine, du kommst jetzt mit mir.«

»Nein, wir bleiben zusammen«, rief Robert laut.

Unsanft löste die Frau die noch immer ineinander verkrallten Kinderhände und zog Anne ins Haus.

Robert wollte hinterhergehen.

Doch die Heimleiterin hielt ihn zurück. »Robert, du bleibst bei mir, verstanden?«

»Wir wollen aber nach Hause zu unseren Eltern«, schluchzte er und sah die Frau flehend an.

»Das geht nicht«, sagte sie.

»Warum nicht?«, fragte Robert völlig verzweifelt.

»Ich weiß es nicht. Vielleicht ist ihnen etwas zugestoßen. Gib endlich Ruhe.« Dann forderte sie Robert auf, mitzukommen und führte ihn in ein Zimmer.

Er musste sich einen Schlafraum mit drei weiteren Jungen teilen. Seine Schwester sah er nicht mehr.

Schon zwei Tage später wurden seine jungen Mitbewohner abgeholt. Die Heimleiterin erklärte ihnen, dass sie in eine gute Familie gebracht werden.

Weitere zwei Tage später bekam Robert Besuch von Marianne und Heinrich Keller. Sie stellten sich als seine neuen Eltern vor und nahmen ihn mit. Was mit seiner kleinen Schwester und seinen Eltern geschehen war, wusste der Junge nicht. Niemand wollte seine Fragen beantworten.

Potsdam, 1975 bis 1985: Ein neues Zuhause

Das große Haus der Eheleute Keller sollte von nun an sein Zuhause sein. Die beiden waren freundlich und nahmen sich Zeit für ihn. Aber man hatte ihnen nicht gesagt, dass er noch eine Schwester hatte, und seine Eltern seien angeblich gestorben.

Robert war verzweifelt. Er wollte es einfach nicht glauben.

Die ersten Wochen in dem neuen Haus konnte er nur schwer ertragen. Wenn er abends in seinem Bett lag und allein war, weinte er still. Aber nach einiger Zeit begann er, sich in sein Schicksal zu fügen und sich den Gegebenheiten anzupassen. Mir bleibt ja auch nichts anderes übrig, gestand er sich ein.

In der neuen Schule kam er in die zweite Klasse. Dort lernte er andere Kinder kennen und freundete sich mit einigen von ihnen an. Aber er war still geworden. Hin und wieder sah er den anderen auf dem Schulhof nur zu und verlor sich in Erinnerungen.

An das neue Haus gewöhnte er sich bald. Der zweigeschossige Altbau hatte etwas Geheimnisvolles, fast wie ein Spukschloss. Unter dem Dach war ein großer Abstellraum, auf dem viele alte Sachen herumstanden. Robert sah sich überall um und entdeckte interessante Gegenstände.

In den Sommerferien fuhr Robert mit seinen neuen Eltern nach Wustrow an die Ostsee. Die niedrigen Häuser dort gefielen ihm gut. Sie hatten ein Reetdach und bunt bemalte Türen. So etwas hatte er bisher noch nicht gesehen. Seine Eltern machten mit ihm eine Fahrt mit dem Zeesenboot auf dem Bodden. Es hatte nur sehr wenig Tiefgang, wurde ihnen erklärt. Schon vor zweihundert Jahren benutzten die Fischer hier solche Boote.

Robert bekam in diesen Sommerferien viel zu sehen und lernte auch eine Menge.

Seine Eltern besuchten mit ihm den Künstlerort Ahrenshoop und sahen sich Ausstellungen an. Und immer wieder fragten sie ihren Sohn, ob ihm das gefallen würde. Es sollte ihm an nichts fehlen, das hatten sie sich vorgenommen, und der Junge spürte das auch.

Robert wusste, dass einige seiner Mitschüler in der Nähe auch Urlaub mit ihren Eltern machten. In der Schule hatten sie darüber gesprochen. Ab und zu versuchte er deshalb, allein die Gegend zu erkunden. Am einem Tag entdeckte er am Strand zwei Kinder aus seiner Klasse. Er ging zu ihnen und spielte eine Weile mit ihnen. Freudestrahlend erzählten sie ihm von dem Zelt in den Dünen, in dem sie mit ihren Eltern übernachten würden.

Robert wohnte mit seinen neuen Eltern dagegen in einem geräumigen Gästehaus mit einem großen Garten. Davon erzählte er lieber nichts. Er wollte vor seinen Freunden nicht als Angeber dastehen. Aber er spürte, dass sein neues Zuhause besonders war. Die Eheleute Keller hatten offensichtlich mehr Geld als die anderen Familien seiner Klassenkameraden. Wie sollte er das seinen Freunden beibringen? Er beschloss daher, so wenig wie möglich von sich und seiner

Familie preiszugeben. Wenn ihn die Freunde fragten, wich er aus und lenkte das Gespräch auf etwas anderes.

Lange Zeit blieb Robert ruhig und verschlossen. An den Raufereien und Streichen seiner Mitschüler beteiligte er sich kaum. Hin und wieder wurde er traurig, ohne einen Grund dafür zu haben. Dieses Gefühl hielt er tief in seinem Inneren verborgen. Er sprach mit niemandem darüber.

Seine Adoptiveltern vermuteten, dass er noch um seine Eltern trauern würde. Aber die ruhige Art, so glaubten sie, gehöre zu seinem Charakter. Sie bemühten sich sehr um den Jungen, sprachen freundlich mit ihm, versuchten, ihm seine Wünsche zu erfüllen, und wenn einmal etwas nicht klappte, waren sie ihm nie böse. Mit großer Geduld versuchten sie, ihm Mut zu machen und ihn anzuspornen. Natürlich merkten sie, dass sich Robert schwer tat, sie als Eltern zu akzeptieren. Aber sie hofften inständig, dass sich das mit der Zeit legen würde.

Innerlich wehrte sich Robert noch weiter, die Eheleute Keller als Eltern anzuerkennen. Es verging kaum ein Tag, an dem er nicht an seine richtigen Eltern dachte, und noch immer wusste er nicht, was mit ihnen passiert war. Die Eheleute Keller waren nett und freundlich, aber er würde sie niemals mit Mama oder Papa ansprechen, das hatte er sich geschworen.

Seine richtigen Eltern waren anders gewesen. Sie hatten viel mit ihm und seiner Schwester getobt, gelacht und gekuschelt. Eigentlich hatten sie das Leben in der DDR nicht gut gefunden. Manchmal hatten sie darüber gesprochen, wie unterschiedlich das Leben im Osten und Westen sein kann. Robert hatte zwar nur wenig davon verstanden, aber er wusste, dass sie gerne im Westen gelebt hätten.

Marianne und Heinrich hingegen lobten die Errungenschaften und die staatliche Ordnung der DDR und äußerten nie Kritik am System.

Heinrich Keller war Mitglied der SED, der Einheitspartei, und er arbeitete im Ministerium für Staatssicherheit. Er koordinierte die Überwachung. Seine Aufgabe war es, angebliche Feinde aufzuspüren und auszuschalten. Er drang in alle Lebensbereiche der Bevölkerung der DDR ein. Menschen, die das System kritisierten, sollten frühzeitig ihrer Kraft beraubt werden. Das sollte die Macht der Einheitspartei sichern. So hieß es, und er war von dem, was er tat, überzeugt. Seine Behörde hatte alle Befugnisse einer polizeilichen Ermittlungsbehörde. Wurde jemand verhaftet, ging es nur noch darum, im Untersuchungsgefängnis in Hohenschönhausen die bereits illegal ermittelten Beweise zu verwerten und den Verhafteten durch lange Verhöre zu einem Schuldeingeständnis zu bewegen. Heinrich Keller ließ auch die Westdeutschen beobachten, die über die Transitstrecke nach Berlin kamen oder in die DDR einreisten. Er prüfte, wie er ihre Verbindungen nutzen konnte und machte dann davon Gebrauch.

Marianne Keller war ebenfalls im Ministerium beschäftigt, aber als Sekretärin. Sie hatte die Aufgabe, Informationen auszuwerten und die Briefe zu kontrollieren, traf aber selbst keine Entscheidungen und hatte auch nicht den Einblick in die Akten wie ihr Mann.

Sobald die Eheleute Keller nach Dienstschluss die Behörde verließen, stand das Private im Mittelpunkt. Sie lebten dann wie in einer anderen Welt. Da alle Informationen, mit denen sie beruflich zu tun hatten, streng geheim waren, sprachen sie zu Hause normalerweise nicht darüber. Besuch von Arbeitskollegen hatten sie nur sehr selten, sodass in ihren vier Wänden die Arbeit kaum ein Thema war. Aber ihre politische Überzeugung war nicht zu verkennen.

Nach einiger Zeit in seinem neuen Zuhause bemerkte Robert mit Schrecken, dass seine Erinnerungen an seine frühere Familie nachließen. Immer mehr schien zu verblassen. Auf keinen Fall wollte er seine frühere Familie vergessen, und er versuchte immer wieder das, was er noch wusste, krampfhaft heraufzubeschwören: Die Stimme seiner Mutter, den Geruch der Bettwäsche und Anne, seine Schwester, wie sie beim Spielen mit ihrer Puppe leise vor sich hin summte. Er hielt alles in einem Heft fest, notierte Listen mit den Namen seiner Freunde, beschrieb Ereignisse und machte eine Skizze von der Wohnung mit allen Zimmern und Möbeln und von seinen Spielsachen. Er schrieb die Namen der Bewohner in dem Vier-Familienhaus, in dem sie gewohnt hatten, auf: Dreyer, Schindler, Baumgarten, Zimmermann. Er musste lange nachdenken, um sie zusammen zu bekommen. Dann malte er auch ein Bild von seinen Eltern und seiner Schwester, damit er nicht vergaß, wie sie aussahen. Das Heft sollte niemand sehen. Deshalb legte er es unter seine Matratze.

Lange Zeit versteckte er sich hinter Büchern, durch die er sich wegträumen konnte. Die Helden gefielen ihm, und er weinte und lachte mit ihnen, trauerte und freute sich genauso wie sie. Er spürte ihre Verzweiflung, als wäre es seine eigene, und er war erleichtert, wenn es wieder Hoffnung gab. Seine Wünsche und Gedanken waren oft dieselben, wie die der Helden in den Geschichten. Es waren fast immer Kinder, und es freute ihn, wenn sie sich bewährten und auf den Weg machten, die Welt und sich selbst zu erkunden. Dann zog er in Gedanken mit. An der Seite seiner Bücherhelden drang er in düstere Burgen ein, kletterte auf hohe Berge und erforschte verzweigte Höhlen. Hatten sie nur genug Willen und Mut, dann erreichten sie ihre Ziele auch. Das Leben der Erwachsenen faszinierte ihn. Wie würde es sein, wenn er eines Tages ein Mann ist? Er malte sich aus, wie er als Forscher die Welt bereisen und erkunden würde, so wie die Helden in seinen Büchern. Er würde, wie sie, die Welt besser machen. Das nahm er sich fest vor.

Schon oft hatte Robert vor der Vitrine im Wohnzimmer gestanden. Ihm war besonders ein Gegenstand aufgefallen, der seinem Vater gehörte: Ein Fotoapparat. Immer wieder hatte er ihn sich angesehen, aber eines Tages traute er sich zu fragen, ob er die Kamera einmal anfassen dürfe.

Heinrich Keller war im Umgang mit seiner Frau und seinem Sohn ausgesprochen wohlwollend, aufmerksam und geduldig. Er nahm den Fotoapparat heraus und drückte ihn dem Jungen in die Hand. »Hier, Robert. Du darfst die Kamera gerne ausprobieren.« Dann erklärte er ihm, wie sie funktionierte und gab ihm Tipps, wie die Bilder gelingen können.

Der Junge hörte aufmerksam zu, und schon bald kannte er alle technischen Details des Apparates. Er war wie umgewandelt. Endlich gab es einen Lichtblick in seinen trüben Gedanken. Zuerst ging er in den Garten und machte Bilder von den blühenden Krokussen, die sich überall auf der Wiese ausgebreitet hatten. Dann machte er einige auch in der Wohnung mal mit und mal ohne Blitzlicht. Er fotografierte sein Zimmer, seine Spielsachen und sein Bett. Im Wohnzimmer machte er eine Aufnahme von der Vitrine und dem Bücherregal. Dann fotografierte er auch seine Eltern.

Als er die ersten Aufnahmen aus dem Labor abholte und er ungeduldig die Tüte öffnete, war er enttäuscht. Einige Bilder waren unscharf, die Vitrine spiegelte den Blitz wieder, und die Aufnahmen in seinem Zimmer waren alle zu dunkel. Nur die Krokusse leuchteten fast so, wie in der Wirklichkeit. Er zeigte alle Abzüge seinem Vater.

»Das ist mir am Anfang auch passiert. Mach dir nichts draus«, sagte dieser freundlich, und er erklärte ihm, worauf er beim nächsten Mal achten müsse, damit die Fotos besser würden.

Robert notierte alles und befolgte die Anweisungen so gut er konnte. Von nun an gab es etwas, was ihn faszinierte. Er bekam einen ganz neuen Blick. Überall sah er Motive, Farben und Gegenstände, die er fotografieren wollte. Er sparte sein ganzes Taschengeld, um davon Filme zu kaufen und die Entwicklung zu bezahlen. Seine Fotos wurden immer besser, und sein Vater zeigte sich begeistert von seinen Fortschritten.

An seinem nächsten Geburtstag bekam er einen eigenen Fotoapparat.

Seine Adoptiveltern hatten sich großzügig gezeigt und eine hochwertige Kamera ausgewählt, eine *Exakta* mit verschiedenen Objektiven, einem Blitz, und einer passenden Fototasche.

Robert freute sich sehr darüber.

Für den Biologieunterricht konnte er die neue Kamera gut gebrauchen. Er machte Fotos von Bäumen, Blumen und Gräsern. Dann klebte er alles in ein Heft und schrieb zu jedem Bild den Namen der Pflanze und den Fundort.

Wenn seine Klasse Ausflüge und Besichtigungen machte, nahm er seine Kamera mit und machte einige Bilder.

Schon bald war es für Lehrer und Schüler selbstverständlich, dass Robert alles dokumentierte: Theateraufführungen, Besuche von Politikern und Schulabschlussfeiern. Er hatte einen guten Blick für das, was geschah und fing alles ein. Manche der Fotos kamen in die Wandzeitungen der Schule, und manchmal verwendete sogar die örtliche Tageszeitung Bilder von ihm. Auch die Jugendweihe hielt er mit seinen Aufnahmen fest.

Durch die Anleitung seines Adoptivvaters lernte er, die Schwarzweißfilme in einem dunklen Raum selbst zu entwickeln. In einem kleinen Fotoladen in der Stadt konnte er Farbfilme abgeben und entwickeln lassen. Robert verlor sich mehr und mehr in seinen Motiven. Das neue Sehen und die Aufmerksamkeit für besondere Momente, die er festhalten wollte, verdrängten seinen Trübsinn fast völlig.

Endlich fand er sich in seinem Leben zurecht. Seine Adoptivmutter umsorgte ihn mit viel Liebe. Sein Adoptivvater interessierte sich für das, was er tat, und wurde so zu einem Vorbild. Doch manchmal, wenn Robert merkte, dass seine Erinnerungen an früher wieder ein Stück verblassten, holte er sein Heft unter der Matratze hervor und las, was er aufgeschrieben hatte. Dann kamen die Bilder zurück und mit ihnen die Fragen, die ihm niemand beantwortet hatte. Wo sind meine Eltern? Wie geht es ihnen? Wo ist meine Schwester? Was macht sie gerade? Er hatte bisher kein Lebenszeichen von ihnen bekommen. Doch Robert begann, sich auf die Veränderungen einzustellen. Er wurde ein Meister des Verdrängens.

Seine Adoptiveltern freuten sich, dass er so viel Interesse an der Fotografie zeigte. Nun würde er endlich die Vergangenheit hinter sich lassen können. Sie liebten ihren Jungen und versuchten, ihm jederzeit zu helfen.

Robert fand auch Kontakt zu Kindern in seinem Alter. Manchmal traf er sich am Nachmittag mit den Pionieren.

Nach der achten Klasse wechselte er zur erweiterten Oberschule, die im Nachbarort Kleinmachnow lag. Sein Schulweg war nun länger, und er musste mit dem Bus fahren. Außerdem bekam er neue Mitschüler. Robert bewältigte alles gut. Er ging gerne zur Schule, und er schloss sie nach weiteren vier Jahren erfolgreich ab. Auf Wunsch seiner Eltern trat er auch die FDJ ein.

Potsdam, von 1985 bis 1989:
Neuorientierung

Inzwischen waren seine Fotos so gut, dass Heinrich Keller ihm einen ganz besonderen Vorschlag machte. »In der nächsten Woche könntest du einen Auftrag übernehmen, wenn du möchtest. Du könntest unseren Fotografen begleiten, ihm bei Modeaufnahmen zusehen, und du darfst auch schon selbst einige Fotos machen, die auch bezahlt werden«, erklärte er seinem Sohn. »Morgen treffen wir uns mit einigen Mitarbeitern und werden von ihnen über den Ablaufplan informiert.«

Robert freute sich sehr über das Angebot seines Vaters. Er war stolz darauf, dass er ihm etwas so Wichtiges zutraute. Etwas aufgeregt war er schon. Doch er ließ es sich nicht anmerken.

Aufgeregt saß er am nächsten Tag mit den anderen an einem großen Tisch im Besprechungsraum.

Sein Vater stellte ihn als jungen Fotografen und als seinen Sohn vor und lächelte ihm aufmunternd zu.

Bisher hatte Klaus Weinert die Aufnahmen gemacht. Er zeigte Robert die Fotos des letzten Auftrages und erklärte ihm, worauf er achten müsse. Klaus Weinert war ein erfahrener Fotograf. In Kürze würde er in den Ruhestand gehen, erzählte er. »Bleib einfach in meiner Nähe und sieh mir zu. Wenn du es dir zutraust, kannst du auch selbst ein paar Aufnahmen machen.«

Robert war begeistert. Mit Klaus Weinert hatte er einen guten Lehrmeister, der ihm noch vieles beibringen konnte.

Eine Woche später betraten die Männer das Studio. Dort waren die Vorbereitungen bereits in vollem Gange.

Nachdem alle den Ablauf noch einmal durchgegangen waren, wurde ein Kind in den Raum geführt. Es trug ein grellgrünes Kleid, dazu eine dunkelblaue Jacke, und es sollte sich vor eine große weiße Wand stellen.

Klaus Weinert erklärte dem Mädchen, wie es sich bewegen soll. Dann begann er, während er noch sprach, mit seinen Fotos. Requisiten wurden hin und her geschoben, und ab und zu drückte jemand dem Kind etwas in die Hand und flüsterte ihm ein paar Anweisungen ins Ohr.

Als das erste Kind fertig war, kam das nächste in den Raum.

Und wieder machte Klaus Weinert Fotos.

Kinder unterschiedlichen Alters wurden nach und nach hereingeholt und fotografiert.

Robert schaute genau hin. Schon bald setzte auch er seine Kamera ein.

Nun kamen junge Männer und bauten sich vor der weißen Wand auf.

Robert drückte viele Male auf den Auslöser und legte mehrmals einen neuen Film ein.

Nach den Männern waren die Frauen an der Reihe. Sie waren modern frisiert, geschminkt und mit auffällig farbenfroher Kleidung ausgestattet. Eine nach der anderen stellte sich in Pose.

Robert fotografierte wie im Rausch. Nach mehreren Stunden war die Aktion beendet.

Heinrich Keller gab die Filme in einem Speziallabor ab.

Schon am nächsten Tag waren sie entwickelt, und es wurden großformatige Abzüge angefertigt.

Gemeinsam mit seinem Vater suchte Robert die besten Fotos aus.

Heinrich Keller war sehr zufrieden mit dem Ergebnis und reichte die Bilder noch am selben Tag weiter, damit sie schnell verwendet werden konnten.

Auch für die nächsten Modeaufnahmen wurde Robert gefragt.

Beim dritten Einsatz war er der einzige Fotograf. Die Verantwortung lag nun ganz auf seinen Schultern, und er war am Anfang sehr angespannt. Aber alles klappte, und die Bezahlung war gut.

An einem der nächsten Aufnahmetage begegnete er Franz Lindemann, einem jungen Designer, der neu in die Modeproduktion gekommen war und das Layout für die Kataloge erstellte, über die die Kleidung vermarktet wurde. Franz war drei Jahre älter als er.

Die beiden jungen Männer freundeten sich an. Sie konnten sich gut unterhalten, mochten die gleiche Musik und lachten über die gleichen Scherze.

Franz war unkompliziert, und er sagte, was er dachte.

Für Robert war es ein ganz neues Gefühl, einen so guten Freund zu haben.

Eines Tages, als die beiden ungestört zusammensaßen

und Robert die neue Kollektion lobte, rutschte Franz ein Satz heraus. »Das kommt doch alles aus dem Westen.«

»Was meinst du damit, alles kommt aus dem Westen?«

»Das hätte ich eigentlich nicht sagen dürfen. Aber ich dachte, du weißt davon. Hat dir denn dein Vater nicht gesagt, wer diese ganzen Sachen hier entwirft?«

Robert sah Franz verständnislos an.

»Na, hat er dir nichts von dem Geschäft erzählt?«

»Von welchem Geschäft? Was weißt du darüber?«

»Dann wird dein alter Herr wohl einen guten Grund gehabt haben zu schweigen. Franz erzählte Robert, was er von der Geschichte wusste. »Wolfgang Joop, der bekannte Modemacher aus dem Westen ist in der Nähe des Schlosses Sanssouci auf einem Bauernhof groß geworden. Noch vor dem Bau der Mauer sind seine Eltern mit ihm in den Westen geflohen. Aber der Junge hat diesen Hof geliebt, wo er eine glückliche Kindheit verbracht hat. Als er später eine Familie und als Modeschöpfer große Erfolge gehabt hat, hat er seine alte Heimat besucht und jedes Mal einen Antrag stellen müssen. Die Stasi hat das ausgenutzt und ihm ein Angebot gemacht. So oft er wolle, könne er den alten Hof besuchen und sich dort aufhalten, so hat sie ihm versichert. Im Gegenzug müsse er der DDR regelmäßig Ideen zu Stoffen, Schnitten und Farben für neue Mode liefern. Das alles darf natürlich niemand erfahren und muss streng geheim bleiben.« Bei den letzten Worten legte Franz den Finger auf den Mund.

Robert hatte Franz nur zugehört und nichts gesagt. Das war einfach unfassbar, was er da erfuhr. »Klar, werde ich schweigen. Ehrenwort. Aber woher weißt du das alles, Franz?«

»Aus sicherer Quelle, das kannst du mir glauben. Und ich habe dir das im Vertrauen erzählt, das ist hoffentlich klar.«

Robert spürte, wie seine Empörung wuchs. Aber er biss sich auf die Zunge und sagte nichts weiter. Niemand sollte davon etwas aus seinem Mund erfahren. Er war sich darüber im Klaren, dass er seine Chance als Modefotograf vertan hätte und Franz in Gefahr geraten wäre, wenn er auch nur ein einziges Wort darüber verlauten lassen würde. So waren die Regeln. Und er hielt sich daran. Er lernte, zu schweigen.

Sein Adoptivvater musste davon wissen, denn Wolfgang Joop war einer von ihnen, die er überwachen ließ. Aber es gab von seiner Seite nie auch nur eine Andeutung darüber.

Die meisten Kleidungsstücke wurden nach den erpressten Zeichnungen und Vorgaben des Modemachers angefertigt, und Franz bearbeitete die Bilder für die Darstellung im Katalog.

Jedes Mal, wenn Robert mit einer neuen Aufnahmereihe begann, dachte er an die Geschichte, die ihm sein Freund erzählt hatte. Er hielt natürlich seinen Mund und unterdrückte seine Empörung. Wenn er seinen Vater gefragt hätte, dann hätte dieser gewusst, dass jemand aus dem Team nicht dicht gehalten hatte. Das war zu gefährlich. Vor allem wollte er Franz nicht belasten. Er hatte Franz bisher noch nicht mit nach Hause gebracht, weil dieser der Meinung war, dass seine Eltern gar nicht erst auf den Gedanken kommen sollten, dass die beiden befreundet seien. Außerdem hatten sie sich einen Geheimcode ausgedacht, mit dem sie sich über verbotene Themen verständigen konnten.

»Man kann nicht vorsichtig genug sein«, sagte Franz. »Wenn meine Eltern über heikle Themen sprechen, dann gehen sie ins Bad und lassen das Wasser laufen oder sie setzen sich draußen irgendwo hin, wo viele Nebengeräusche sind.«

Robert hatte den Dienst bei der Nationalen Volksarmee absolviert und einen Studienplatz für Informatik für das kommende Sommersemester in Aussicht.

Da veränderte sich die politische Situation. Die Oppositionellen, die sich bisher nur an geheimen Orten oder in der Kirche getroffen hatten, gingen auf die Straße und protestierten für ihre Freiheit.

Auch Franz nahm an den Protesten teil, aber er warnte Robert davor, mitzumachen. »Auch die Kinder von Stasi-Mitarbeitern werden überwacht. Sei vorsichtig. Sonst ist dein Vater sofort weg vom Fenster.«

Durch seinen Freund war Robert immer wieder zur Vorsicht ermahnt worden. Das Misstrauen und die ideenreichen Ablenkungsmanöver fand er manchmal etwas übertrieben, aber er nahm die Warnungen erst. Trotzdem konnte er es sich nicht vorstellen, dass er selbst auch unter Beobachtung stehen sollte. Doch jetzt verstand er den Zusammenhang. Ja, er war auf der Hut, und er wollte seinen Eltern nicht in den Rücken fallen.

Überall schien es zu brodeln. Inzwischen sprachen viele Menschen laut über ihren Unmut. Offene Grenzen und freie Meinungsäußerung wurden mutiger auch öffentlich gefordert. Die Gruppe der Unterstützer wurde immer größer, die Kirchen waren voll und der Strom der vermeintlichen Urlauber nach Prag und in Richtung Ungarn riss nicht ab. Widerstand war immer noch gefährlich, und die Volkspolizisten standen schwer bewaffnet bereit. Es gab

Verhaftungen, und doch wurden die Straßen von Tag zu Tag voller. Viele der Uniformierten begannen, an dem politischen System zu zweifeln, und ihre Bereitschaft, hart durchzugreifen und von der Schusswaffe Gebrauch zu machen, wurde immer geringer. Schließlich standen sie stumm da und beobachten reglos das Geschehen.

Dann fiel die Mauer.

Berlin und Potsdam, 1989:
Mauerfall und Wende

Noch am Abend der Maueröffnung fuhren Robert und Franz mit der S-Bahn nach Berlin. Die beiden wollten mit eigenen Augen sehen, was da vor sich ging, und natürlich wollte Robert Fotos machen.

Von der Friedrichstraße aus liefen sie gemeinsam mit vielen anderen in den Westteil der Stadt und erlebten dort die Euphorie der Menschen. Mit seiner Kamera fing Robert die unterschiedlichsten Szenen ein, Menschen mit Tränen in den Augen, die sich umarmten, junge Leute, die sich gegenseitig halfen, auf die Mauer zu klettern und eine nicht enden wollende Schlange von Autos, die über die Grenze rollten. Der eiserne Vorhang war gefallen und beide waren sich völlig im Klaren darüber, dass sie Zeugen eines besonderen Moments geworden waren.

Als ihnen jemand zwei Becher mit frisch eingeschenktem Sekt in die Hände drückte, sagte Franz ganz gerührt: »Weißt du, Robert, wir sind heute dabei, wo Geschichte geschrieben wird.«

Robert erwiderte: »Ja, darauf stoße ich gerne mit dir und mit allen anderen hier an.«

Erst in den frühen Morgenstunden fuhren die beiden

wieder zurück nach Potsdam, erfüllt von großen Gefühlen und voller Hoffnung auf das, was ihnen jetzt bevorstand.

Robert war sehr gespannt, wie seine Aufnahmen geworden waren, denn bei den meisten Fotos hatte er nur wenig Zeit zum Einstellen gehabt, sonst hätte er zu viel verpasst.

In der Schule war die Mauer als antifaschistischer Schutzwall bezeichnet worden, durch den das Eindringen der Feinde aus dem Westen verhindert werden könne. Auch seine Adoptiveltern hatten sich in ähnlicher Weise geäußert. Aber das hatte Robert im Stillen immer in Frage gestellt. Hatten nicht seine leiblichen Eltern gerade deshalb auf die andere Seite der Grenze gewollt, um ein besseres Leben zu haben? Wenn das stimmte, dann konnte es im Westen nicht schlecht sein, dachte er. Auch die Erpressung des Modemachers hatte er nicht vergessen.

In Berlin hatte er viele freundliche Wessis kennengelernt, die sich gemeinsam mit den Leuten aus dem Osten über die Öffnung der Grenze freuten. Er hatte Bilder von Menschen aus Ost und West gemacht, die sich weinend in den Armen lagen. Diese großen Gefühle zwischen eigentlich fremden Menschen berührten ihn. Und sie bestätigten die Meinung, die er sich über all die Jahre vom Westen gemacht hatte. Das war kein Feindesland, und seine Bewohner hatten gar kein Interesse daran, in den Osten einzudringen.

In den nächsten Tagen gingen viele wieder ihrer gewohnten Arbeit nach. Doch abends fuhren sie über die Grenze in den Westen und nachts wieder zurück.

Auch bei Robert blieb es nicht bei dem einen Besuch. Oft

machte er sich tagsüber auf den Weg nach Berlin. Er wollte sich Zeit nehmen, Eindrücke und Bilder sammeln und die Atmosphäre auf sich wirken lassen. Immer wieder machte er Fotos von Menschen, die mit einem spitzen Hammer Stücke aus der Mauer schlugen.

In der Stadt sah er Gesichter aus vielen Ländern, Menschen, die dabei sein wollten, wenn nun endlich der Eiserne Vorhang am Brandenburger Tor fallen würde. Die zahlreichen Übertragungswagen der Fernsehsender an markanten Stellen zeigten, dass die ganze Welt daran Anteil nahm. In den Zeitungen wurden sie als Helden beschrieben, die mutigen Menschen der DDR, die die Wende friedlich, ohne Waffengewalt, ohne Tote oder Verletzte erzwungen hatten.

Mitunter sah Robert Presseleute, die irgendwo draußen in einer Gruppe mit Filmkamera, Mikrofon und Fotoapparat beisammen standen und auf prominente Personen warteten. Dann gesellte er sich zu ihnen und machte seine eigenen Fotos, wenn für ihn der richtige Zeitpunkt gekommen war.

Zu Hause in Potsdam bot er diese Bilder der Zeitung an, und er hatte Glück. Die Redaktion nahm sie ihm gern ab und bezahlte sie auch.

»Was sind das für Fotos?« wollte Heinrich wissen, als er sah, dass Robert neue Abzüge sortierte.

»Aus Berlin.«

Heinrich sah ihn fragend an.

»Ich bin drüben gewesen, habe unzählige Aufnahmen gemacht. Wirklich gute Fotos. Und jetzt verkaufe ich sie der Zeitung.« Robert erzählte mit großer Begeisterung von seinen Erlebnissen und erklärte die aufgenommenen Motive.

Der Vater erwiderte nichts, nickte nur und schaute sich die Bilder lange an.

»Ich werde Fotograf. Ich bin mir jetzt sicher.«

Potsdam, 1990: Neue Zukunftsperspektiven

Um sich über einen möglichen Studiengang zu informieren, ließ sich Robert an der Universität beraten. Er erfuhr, dass es am besten wäre, sich erst einmal mit Informatik zu beschäftigen, denn die Informationstechnologie durchdringt mittlerweile das alltägliche Leben, so wurde ihm gesagt. Ein Informatik-Studium würde ihn auf die Arbeit in einem zukunftsstarken und wachsenden Wirtschaftszweig vorbereiten. Er müsste sich zunächst mit Mathematik, Algorithmen, Datenbanken, Softwaretechnik, Kommunikationstechnik, Programmierung, Betriebswirtschaftslehre, Betriebssysteme und Rechnerarchitektur beschäftigen. Im weiteren Verlauf seines Studiums könnte er dann den Schwerpunkt Medientechnologie wählen, die Werbebranche kennenlernen und auch die gesamte Bandbreite der Fotografie einschließlich digitaler Fotobearbeitung erforschen. Seine Entscheidung war gefallen und sie war richtig, davon war er überzeugt.

Endlich konnte er sich mit Franz offen über politische Themen austauschen. Es war noch ungewohnt, aber befreiend.

Die beiden sprachen über die Veränderungen und was noch folgen könnte.

Franz freute sich darüber, dass die mutigen Bürger die Wende eingeleitet hatten. Aber das Misstrauen saß bei ihm tief und war nicht von heute auf morgen verschwunden. Er wies darauf hin, dass die Spitzel von früher noch da waren, und er meinte, dass die DDR die Grenzen durchaus wieder schließen könne. Deshalb wolle er sich eine Wohnung in West-Berlin suchen.

Als Robert wieder einmal mit seiner Kamera in Berlin unterwegs war, kam er dazu, wie sich Bürgerrechtler vor der Stasi-Zentrale in der Normannenstraße sammelten und sich den Zutritt zu dem Gebäude erzwangen, in dem die Stasi-Mitarbeiter schon seit einigen Wochen ungestört dabei waren, Akten zu vernichten. Er hielt die Geschehnisse fest und informierte sich darüber, als das *Bürgerkomitee Normannenstraße* bei einer Pressekonferenz einen ersten Einblick in seine Arbeit gab, die Stasi-Mitarbeiter entließ, die Stasi-Akten sicherte, die Waffenkammern übernahm und die Immobilien an neue Nutzer übergab. Dabei erfuhr er, dass Bürger auch in Potsdam und anderen Städten die Stasi-Gebäude besetzt, die Stasi-Mitarbeiter vertrieben und zerrissene Dokumente beschlagnahmt hatten.

Im Frühling gab es die ersten freien Wahlen zur DDR-Volkskammer. Die Mehrheit der Wahlberechtigten stimmte für eine schnelle Wiedervereinigung des geteilten Deutschlands. Auch Robert war wahlberechtigt. Die SED-Staatspartei, die sich kurz vorher in PDS umbenannt hatte, erhielt nur sechzehn Prozent der Stimmen. Die Bürger wollten das alte Regime nicht mehr.

Bei der Potsdamer Zeitung wurde Robert als freier Mitarbeiter beschäftigt. So war er ständig mit seinem Fotoapparat unterwegs, besuchte Versammlungen und Pressekonferenzen und machte auch Aufnahmen bei den ersten freien Wahlen, die ein großes Ereignis im Land waren. Aber er fotografierte auch die Menschen auf der Straße, und er hörte von vielen, dass sie zufrieden waren mit dem, was gerade passierte und nun auf ein besseres Leben hofften. Er spürte, dass diese Ereignisse unbedingt in Bildern festgehalten werden müssen.

Die Stimmung zu Hause war seit dem Mauerfall bedrückend. Roberts Eltern waren arbeitslos geworden. Die Familie lebte von ihren Ersparnissen. Der Zusammenbruch der DDR stellte alles in Frage. Wie sollte es weitergehen? Was würde die Zukunft bringen? Robert stellte fest, dass sie wenig redeten und seine Mutter oft einen traurigen Blick hatte. Wenn er fragte, was denn los sei, hüllte sich Heinrich in Schweigen, und Marianne weinte. Die beiden hatten Angst um ihre Existenz. Aber sie wollten es vor ihm verbergen. Robert war verwirrt. Bis zum Mauerfall waren seine Adoptiveltern immer auf der Sonnenseite gewesen. Und jetzt drohte der ganze Lebensplan wie ein Kartenhaus in sich zusammenzubrechen. Gerne hätte er mit ihnen über all das diskutiert, was geschehen war und das, was jetzt folgen könnte. Denn jetzt war es endlich möglich. Doch aus seinen Eltern war nichts herauszubekommen. Sie verstummten immer mehr. Bei ihm dagegen wuchs die Freude über die Entwicklung im Land und seine Erfolge als Fotograf.

Im Mai begann er mit seinem Informatik-Studium, so wie man ihm geraten hatte. An seine leiblichen Eltern und an seine Schwester dachte er nur noch selten. Er hatte nie etwas von ihnen gehört. Aber die politischen Entwicklungen machten ihm Hoffnung, dass er doch noch erfahren könnte, was damals passiert war. Würde er sie wiedersehen? Würden sie ihn erkennen? Und wo war Anne? Was war aus ihr geworden? Sie muss ja inzwischen eine junge Frau geworden sein.

Robert war auch mit seiner Kamera dabei, als die Ostdeutschen ihr Geld in Westmark umwechseln konnten und mit den Scheinen freudestrahlend aus den Sparkassen kamen. Er hielt die Stimmung und die Gesichter in vielen Bildern fest.

Mit seinem Freund Franz war er am Tag der Wiedervereinigung am Brandenburger Tor. An dem Tag löste sich die Deutsche Demokratische Republik auf und wurde Teil der Bundesrepublik Deutschland. Von den Feierlichkeiten in Berlin machte er zahlreiche Aufnahmen. »Nun beginnt endlich die Arbeit einer neu geschaffenen Einrichtung, die die Stasi-Unterlagen sichten und archivieren wird«, erklärte sein Freund. »Ich warte gespannt darauf, dass die Behörde die Akten der Bevölkerung zugänglich macht. Dann werde ich sofort einen Antrag stellen, um die Eintragungen über mich zu lesen.«

Calau, 1990: Erinnerungen

An einem der letzten Tage in den Semesterferien fuhr Robert schon am frühen Morgen mit dem Bus nach Calau, in die Stadt, die er mit seiner frühen Kindheit verband. Zunächst lief er quer durch die Innenstadt. Er fand sich kaum zurecht, und er spürte plötzlich, dass ihn seine Erinnerungen auch täuschen könnten. Schließlich sah er einige Straßen, die er früher entlanggegangen war. Alles sah viel kleiner aus, als er dachte. Doch bald kam ihm einiges bekannt vor. Er entdeckte seine Schule und die Kirche und Häuser, in denen seine Spielkameraden mit ihren Eltern gewohnt hatten. Auch das Vier-Familien-Haus, in dem er aufgewachsen war, stand noch da. Doch die Namen auf den Klingelschildern und an den Briefkästen sagten ihm nichts. Er sah sich um und verglich das, was er sah, mit seinen Erinnerungen. Im Hof war noch die Schaukel. Damals war sie neu, jetzt sah sie alt und verrostet aus. Auch der Weg, der um das Haus herumführte, war anders, als er ihn in Erinnerung hatte. Die kleine Treppe fehlte. Oder irrte er sich? Gab es vielleicht gar keine Treppe an dieser Stelle? Aber er sah sie doch vor seinen Augen, als wäre er gestern noch hier gewesen. Er hatte das Gefühl, dass er sich nicht mehr auf sein Gedächtnis verlassen konnte.

Nachdenklich lief er noch einmal auf und ab und versuchte, irgendwelche Anhaltspunkte zu finden, die ihm weiterhelfen könnten. Aber das verwirrte ihn noch mehr. Er rang sich dazu durch, bei einigen Hausbewohnern zu klingeln, um nach seinen leiblichen Eltern zu fragen. Er traf nur zwei Personen an. Beide waren erst nach 1975 eingezogen und hatten eine Familie Dreyer nicht mehr kennengelernt.

Dann machte er sich auf den Weg zum Rathaus. Hoffentlich können die mir weiterhelfen, dachte er. Den mürrischen Mann hinter der Glasscheibe fragte er, wo die Abteilung für Adoptionen sei. Obwohl ihm der Mann nur bruchstückhaft erklärte, wo er hinmüsse, fand er den Raum sofort. Niemand war auf dem Flur zu sehen und alle Türen waren geschlossen. Vorsichtig klopfte er an die Zimmertür 3.11, die ihm der unfreundliche Mann genannt hatte. Robert lauschte. Er hörte nichts und klopfte noch einmal. Dann trat er ein. Überall standen große Kartons mit Akten.

»Hier ist im Moment Land unter.« Eine junge Frau war gerade damit beschäftigt, einige der Kartons zu beschriften. Sie trat auf Robert zu, streckte ihm die Hand hin und sagte: »Guten Tag, mein Name ist Lisa Meyer. Wie kann ich Ihnen helfen?« Dann räumte sie einen Stuhl frei und bot Robert an, sich zu setzen.

Robert nannte seinen Namen und den Namen seiner Adoptiveltern.

»Ich bin hier in Calau geboren und möchte wissen, wo meine leiblichen Eltern sind.«

»Wissen Sie, es gibt gerade eine ganze Reihe Änderungen. Bis vor kurzem ist die Adoptionsvermittlungsstelle dem

Ministerium für Volksbildung unterstellt gewesen. Jetzt ist sie eine Abteilung des Jugendamtes«, erzählte Frau Meyer.

»Woher kommen denn Ihre Adoptiveltern?«

»Aus Potsdam.«

»Dann ist das Jugendamt Potsdam für Ihren Fall zuständig.«

»Das weiß ich. Ich bin auch schon dort gewesen. Aber die haben nur das, was mir bereits bekannt ist. Vielleicht haben Sie ja Informationen über meine Familie, meine Eltern und meine Schwester. Meine Schwester heißt Anne. Wo sie ist, weiß ich auch nicht.«

»Also hier ist es im Augenblick etwas schwierig, das sehen Sie ja. Aber Sie haben natürlich das Recht, zu erfahren, wer Ihre leiblichen Eltern sind«, erklärte ihm Frau Meyer.

»Die Namen kenne ich. Sie heißen Achim und Birgit Dreyer. Wir haben hier in Calau gewohnt. Seit dem Tag, an dem wir Kinder abgeholt worden sind, habe ich nichts mehr von meiner Familie gehört.«

Frau Meyer stand auf und ging zu einem der Aktenschränke, nahm einen Ordner heraus und blätterte darin.

»Ich möchte einfach nur wissen, wo meine Eltern sind und ob sie überhaupt noch leben«, sagte Robert entschlossen. »Ich bin vorhin in unserem alten Wohnhaus gewesen und habe bei ehemaligen Nachbarn nachfragen wollen. Aber sie haben mir nichts sagen können.«

»Leider gibt es hier keinen Adoptionsvorgang mit diesem Namen. Aber ich werde versuchen, Ihnen weiterzuhelfen.« Sie setzte sich wieder an den Schreibtisch und sah ihn mitfühlend an.

»Ich weiß nicht einmal, warum meine Schwester und ich adoptiert worden sind. Die beiden Männer, die uns abgeholt haben, haben nur die Andeutung gemacht, dass meine Eltern nicht gut für uns seien und wir deshalb woanders hin sollten. Die Heimleiterin hat gesagt, dass meine Eltern vielleicht nicht mehr leben würden.«

»Was wissen Sie denn noch von damals, von ihren leiblichen Eltern, von der Trennung und der Adoption?«

Robert holte tief Luft und erzählte alles, was er wusste.

Frau Meyer hörte ihm aufmerksam zu und machte sich Notizen. Sie spürte seine Verzweiflung. Dann sagte sie endlich: »Herr Keller, bitte warten Sie einen Moment. Ich hole mir mal die Daten vom Einwohnermeldeamt.« Sie griff zum Telefonhörer wählte eine kurze Nummer. Dann sprach sie offensichtlich mit einem Kollegen vom Einwohnermeldeamt und fragte nach Achim und Birgit Dreyer. Was ihr Kollege sagte, konnte Robert nicht hören. Aber er sah, dass Frau Meyer wieder etwas notierte.

Robert konnte kaum das Ende des Gesprächs abwarten. »Und?«

»Bitte, Herr Keller, erwarten Sie nicht zu viel. Es ist eine schwierige Suche. Aber eine winzige Information habe ich. Die Daten Ihrer Eltern, von Ihnen und Ihrer Schwester liegen dem Einwohnermeldeamt vor. Dort steht aber, dass sie bis 1975 hier in der Stadt gewohnt haben. Das scheint wohl das Jahr zu sein, in dem sie adoptiert worden sind.«

»Ja«, bestätigte Robert.

»Mehr habe ich nicht herausfinden können. Das ist seltsam. Wenn Ihre Eltern den Wohnsitz gewechselt hätten oder wenn sie gestorben wären, dann müsste eine Eintragung vorhanden sein. Wenn sie in den Westen geflohen wären oder im Gefängnis gewesen sind, würde hier ebenfalls ein Hinweis stehen. Es gibt auch keinen Vermerk, ob sie nach ihren Kindern gesucht haben. Das ist ungewöhnlich.«

»Angeblich haben meine Adoptiveltern nichts von meinen leiblichen Eltern gewusst.«

»Ja, das kann sogar so gewesen sein«, meinte Frau Meyer. Sie dachte einen Augenblick lang nach. Dann hatte sie eine Idee. »Sie haben gesagt, dass Ihre leiblichen Eltern vermutlich in den Westen wollten. Ich werde im Gefängnis Hohenschönhausen nachfragen. Irgendwo wird es bestimmt noch einen Hinweis geben, der uns weiterführt.« Lisa Meyer griff zum Telefonhörer und rief eine Nummer in Berlin an. Sie erklärte dem Gesprächspartner, dass es sehr wichtig sei und dass sie am Apparat bleiben würde, bis sie eine Antwort hätte. Nach einiger Zeit des Wartens meldete sich der Mann am anderen Ende wieder und sprach eine ganze Weile. Lisa Meyer bedankte sich und legte auf. Dann schaute sie Robert an und sagte: »Es tut mir sehr leid, Ihnen das sagen zu müssen. Ihre Eltern sind 1975 ins Gefängnis nach Hohenschönhausen gebracht worden. Ihr Vater ist 1979 und ihre Mutter ist 1985 gestorben. Wo die beiden begraben worden sind, wissen wir im Augenblick nicht. Leider kann ich Ihnen zum Aufenthaltsort Ihrer Schwester nichts sagen. Aber die Daten vom Tod Ihrer leiblichen Eltern werden unverzüglich an das Einwohnermeldeamt weitergeleitet.«

»Vielen Dank für Ihre Mühe«, bedankte sich Robert.

»Gern geschehen. Ich werde in Ihrer Angelegenheit weiter recherchieren. Das verspreche ich Ihnen, und ich werde das, was sie mir erzählt haben und die Daten, die ich heute bekommen habe, auch an andere Behörden weitergeben. Familienzusammenführung ist uns wichtig. Sie können in einigen Wochen nachfragen, ob ich noch mehr gefunden habe.« Lisa Meyer legte die Notizen in ein Körbchen mit der Aufschrift *Eilig*.

Robert wollte sich schon verabschieden.

Da fiel Lisa Meyer noch etwas ein. »Ach, Herr Keller, es gibt noch eine Möglichkeit, etwas zu erfahren. Zurzeit wird eine Behörde eingerichtet, in der Sie die Akten, die vor der Vernichtung gerettet worden sind, bald einsehen können, die sicherlich auch etwas über Ihre Eltern enthalten. Sie können dann erfahren, wer sie bespitzelt hat, denn dass sie ausspioniert und verraten worden sind, ist so gut wie sicher.«

Robert notierte die Telefonnummer, verabschiedete sich von Frau Meyer und bedankte sich für die Hilfsbereitschaft.

Potsdam, 1990: Die Entscheidung

Roberts Gedanken drehten sich immer wieder um dieselben Fragen. Was hat man meinen Eltern angetan? Was haben sie verbrochen? Warum hat man sie eingesperrt? Wie ist es ihnen ergangen? Die Willkür, mit der seine Familie zerstört worden war, machte ihn fassungslos. Mehr und mehr stieg die Wut in ihm hoch. Er war als Jugendlicher nie aufmüpfig gewesen. Aber jetzt erfasste der geballte Zorn seinen gesamten Körper. Er wollte nur noch weg, weg von diesen Erinnerungen, weg von diesen dunklen Schatten, die ihn verfolgten und weg aus diesem Land.

Mit seinen Adoptiveltern wollte er nicht sprechen. Bestimmt wissen sie mehr, als sie sagen werden, vermutete er. Sie haben zugelassen, dass ich meine Eltern nie wieder gesehen habe, und sie haben mitgemacht bei diesem abscheulichen Spiel. Sie müssen sich doch auch all die Jahre gefragt haben, was mit meinen Eltern passiert ist und wo Anne lebt. Hat sie das denn gar nicht interessiert? Diese Gedanken wühlten ihn auf.

In seiner Not suchte er am nächsten Morgen Franz auf, der jetzt in Tegel wohnte. Er erzählte ihm, was er beim Jugendamt erfahren hatte.

Auch Franz war empört. »Deine Eltern haben sicher

davon gewusst, sie haben ja bei der Stasi gearbeitet. Du willst jetzt alle Hebel in Bewegung setzen, um nach deiner Schwester zu suchen?«

»Ja, klar, ich frage mich manchmal, wie sie heute wohl aussieht. Würde ich sie auf der Straße erkennen? Ich weiß überhaupt nicht, wo ich mit der Suche beginnen soll. Mir fehlt ein Anhaltspunkt. Und sie ist bestimmt adoptiert worden. Doch welchen Nachnamen hat sie jetzt?«

»Das ist wirklich fatal. Die DDR ist zum Glück nun Geschichte. Und das Unrecht kommt jetzt Stück für Stück ans Tageslicht. Weißt du, Robert, ich habe viel von den Machenschaften mitbekommen, die Heuchelei, die Bespitzelung und die Geheimniskrämerei. Es ist oft unerträglich gewesen. Ich bin das alles so leid. Mir ist es schwer gefallen, immer zu schweigen. Aber ich habe meine Eltern und mich nicht in Gefahr bringen wollen. Doch jetzt können wir endlich offen über alles sprechen, und das sollten wir auch tun. Es ist doch viel besser so. Etwas anderes muss ich jedenfalls nicht mehr haben.«

»Willst du mit mir abhauen?«, fragte Robert unvermittelt. »Ich halte es hier nicht mehr aus. Ich habe zwei Familien und doch keine.«

»Du, ich kann dich gut verstehen. Vor einigen Wochen hätte ich sofort zugestimmt. Dann hätten wir beide uns zusammen auf den Weg gemacht, ganz gleich wohin. Aber ich habe eine tolle Frau kennengelernt, die mich hier hält. Es ist etwas Ernstes.«

Robert war enttäuscht.

»Du wirst schon das Richtige tun. Es gibt keine Grenzen und Mauern mehr. Die Welt steht dir offen. Wir bleiben auf jeden Fall in Kontakt, wo immer du dich aufhalten wirst.

Versprochen. Melde dich, wenn du irgendwo angekommen bist. Und besuchen werde ich dich da ganz bestimmt.«

Auf dem Weg nach Hause spürte Robert, dass seine Entscheidung gefallen war. Franz hatte ihn darin bestätigt, dass er reisen könne wohin er wolle. Seine Gedanken kreisten nur noch um den Abschied. Niemand sollte davon wissen, und niemand sollte versuchen, ihn umzustimmen oder zurückzuhalten. Er würde allein unterwegs sein.

Vom Potsdamer Bahnhof aus ging er zügig durch die Innenstadt. Sein Weg führte ihn an einem neuen Reisebüro vorbei, und sein Blick fiel auf ein großes Plakat mit Fotos von den Kanarischen Inseln. Er blieb stehen, sah die Bilder an und las die Informationen. Sie klangen verlockend. Von der Inhaberin ließ er sich Prospekte geben.

Zuhause war es still, und seine Eltern waren nicht da. Robert war erleichtert. In der Küche stand ein Teller mit Mittagessen für ihn. Marianne hatte einen Zettel auf die Arbeitsplatte gelegt: »Guten Appetit!« stand darauf.

Robert machte sich das Essen warm und schaufelte es sich wie in Trance in den Mund. Dann ging er in sein Zimmer, nahm seine Sporttasche und packte den Fotoapparat mit Zubehör, Reisepass und Personalausweis, etwas Kleidung sowie eine Mappe mit seinen besten Fotos und allen Negativen ein. Schließlich holte er den abschließbaren Metallbehälter aus dem Schrank, öffnete ihn und nahm sein Sparbuch heraus. Dann fiel ihm noch sein Heft mit den Notizen ein. Auch das stopfte er noch in eine der Seitentaschen. Als er fertig war, war es im Haus immer noch ruhig. Er ging hinaus, ließ die Tür ins Schloss fallen und drehte sich nicht mehr um.

Noch rechtzeitig vor Schalterschluss erreichte er die Spar-
kasse. Er hob das gesamte Geld von seinem Konto ab. Die
Angestellte, die ihn bediente, sah ihn etwas verwundert an,
sagte aber nichts, denn das Sparbuch lautete auf seinen Namen. Es war viel Geld, denn Roberts Adoptiveltern hatten
ein gutes finanzielles Polster für ihn angespart, das eigentlich für sein Studium gedacht war. Trotz seiner Wut war
Robert in diesem Moment froh darüber. Er würde es für
seine Zukunft brauchen, ganz gleich, wie sie aussehen wird.

Die Angestellte zählte ihm das Geld vor, lauter Scheine in
Deutscher Mark. Sie steckte den Stapel in einen Umschlag,
der so dick wie ein Buch wurde.

Dann verstaute er das Päckchen in seine Sporttasche.

Mit der S-Bahn fuhr er zum Bahnhof Zoo nach Berlin und
stieg in einen Zug. Je mehr er sich von zu Hause entfernte,
desto freier und wohler fühlte er sich. Nur noch weg und
der Sonne entgegen, sagte er sich.

Er war nun allein und hatte niemanden mehr. Ab heute
würde er selbst über jeden Schritt, den er tat, bestimmen.
Aber das machte ihm keine Angst. Im Gegenteil, er freute
sich auf seine neue Freiheit. Die Vergangenheit ist vorbei,
sie existiert nur noch in der Erinnerung, und jetzt beginnt
etwas Neues, etwas, das ich selbst gestalten werde, dachte
er.

Auf der langen Zugfahrt sah er aus dem Fenster und dachte
nach. Viele Fragen taten sich auf. Was würde ihm sein
neues Leben bringen? Wohin würde es ihn verschlagen?
Er wollte sich jetzt erst einmal eine Weile Richtung Süden
treiben lassen. In seiner Fantasie entstanden Bilder, wie es

wäre, wenn er in zehn Jahren zurückkehren würde und seinem Freund Franz von der Zeit berichten würde?

Viele Tage und Nächte war er unterwegs. Er hatte Zeit zum Grübeln und Träumen. Es würde nicht leicht werden, das war ihm schon klar, aber er freute sich auf das Neue. Seine alte Welt ließ er ohne Reue hinter sich. Manchmal nahm er seine Kamera und machte ein paar Fotos von der Landschaft oder vom Bahnsteig, wenn der Zug stand. Das war das einzige, was er aus seinem alten Leben noch brauchte: Den Fotoapparat. Irgendwie würde es ihm gelingen, damit sein Geld zu verdienen.

Dresden, 2003: Urlaubsplanung

Anne und Emma joggten am Ufer der Elbe und hatten von hier einen freien Blick auf die Türme Dresdens. An einigen Häusern waren noch die Spuren des Hochwassers vom letzten Jahr zu sehen. Auch der Keller ihres Elternhauses war damals vollgelaufen. Doch mittlerweile hatte ihr Vater alle Schäden behoben und die unteren Räume renovieren lassen.

Die beiden Schwestern verbrachten ihre Freizeit gern miteinander und hatten die gleichen Hobbies.

Anne hatte vor acht Monaten ihr Studium beendet und eine Stelle als Grafik-Designerin angenommen.

Emma war seit einem Jahr Grundschullehrerin und Beamtin auf Lebenszeit.

Die beiden jungen Frauen wollten in den Herbstferien zusammen Urlaub machen.

Emma hatte auch schon einen Vorschlag. »Was hältst du davon, wenn wir auf eine der Kanarischen Inseln fliegen? Dort ist das Wetter auch im November noch sommerlich. Mit unserem selbst verdienten Geld sollten wir uns etwas Besonderes leisten, ein ansprechendes Hotel direkt am Meer mit gutem Essen.«

»Ja, die Idee ist gut. Ich habe mir die Prospekte angesehen. Lanzarote würde mir gefallen, eine kleine und überschaubare Insel. Der Künstler und Architekt Cesar Manrique soll angeblich dafür gesorgt haben, dass die Häuser dort nicht so hoch gebaut werden dürfen, wie in vielen anderen Urlaubszentren in Spanien. Auf Lanzarote soll es auch nicht zu heiß sein und meist ein frischer Wind vom Atlantik wehen«, erwiderte Anne.

»Dann machen wir es so. Ich werde uns im Reisebüro anmelden«, sagte Emma.

Inzwischen waren sie zu Hause angekommen. Sie betraten ihre beiden Appartements im Dachgeschoss des elterlichen Hauses in der Neustadt, duschten sich und zogen sich an.

Anne föhnte ihre langen dunkelblonden Haare und band sie mit einer Schleife zu einem Pferdeschwanz zusammen.

Emma wickelte sich ein Handtuch zu einem Turban um die Haare und wollte ihre Pflegepackung noch einwirken lassen.

Die beiden gingen zusammen die Treppe hinunter und ließen sich am Tisch im Esszimmer nieder, den ihre Mutter bereits gedeckt hatte.

»Papa kommt später. Wir sollen mit dem Essen nicht auf ihn warten. Er ist auf einer Sitzung des Stadtrates. Es geht um ein neues Bauprojekt«, sagte sie.

»Du, Mama, wir werden nach Lanzarote fliegen, eine Insel im Atlantik«, verkündete Anne.

»Prima, dass ihr euch entschieden habt. Ihr verdient jetzt euer eigenes Geld, da könnt ihr euch mal ganz besondere Ferien erlauben.«

»Das haben wir vor. Wir werden in einem großen Hotel wohnen und es uns gut gehen lassen«, meinte Anne.

»Es darf auch etwas kosten«, ergänzte Emma.

»Jetzt greift erst einmal zu«, forderte Edith Sommer ihre

Töchter auf. Sie verwöhnte die beiden gerne, drängte sich ihnen nicht auf, war aber immer besorgt um sie, obwohl die jungen Frauen schon erwachsen waren. Sie war Lehrerin vom Beruf, hatte sich aber viele Jahre beurlauben lassen, um nur für die Kinder da zu sein. Doch mittlerweile hatte sie wieder in der Schule Fuß gefasst und war Konrektorin. Gerade sechzig Jahre alt geworden, sah sie jugendlich aus und hatte dunkelblonde Haare und einen flotten Pagenschnitt. Fast hätte sie auch als große Schwester der beiden durchgehen können.

Anne und Emma ließen sich das Essen schmecken, aber sie hatten noch eine Menge zu besprechen, und die Vorfreude auf die Reise war groß.

»Die Vorbereitung ist jetzt mit dem Euro viel einfacher geworden. Wir müssen kein Geld mehr tauschen und können in Spanien mit Euro bezahlen. Außerdem reicht der Personalausweis aus«, sagte Emma.

»Wir wollen aber nicht nur auf der faulen Haut liegen, sondern auch wandern oder joggen. Auf Lanzarote kann man das alles machen«, erwiderte Anne.

»Und schwimmen im Meer natürlich auch. Die Bilder im Katalog machen neugierig. Ich finde, die Landschaft mutet schon etwas afrikanisch an«, meinte Emma.

»Komm Emma, wir räumen den Tisch ab«, sagte Anne, nachdem alle Teller leer waren. »Mama, setz dich schon ins Wohnzimmer. Wir kommen gleich. Dann machen wir es uns gemütlich und trinken ein Glas Wein.«

Als die Teller in der Spülmaschine waren, lief Emma nach oben, um sich die Haare zu föhnen und kam nach einigen Minuten zurück.

Auch im Wohnzimmer gingen die Gespräche über den bevorstehenden Urlaub weiter.

Nachdem sie gemeinsam überlegt hatten, welche Kleidung für das Klima am besten wäre, schaute Anne ihre Mutter nachdenklich an. »Du, Mama, ich wollte dich immer schon mal etwas fragen. Du hast uns ja erzählt, dass Emma und ich nicht dieselben Eltern haben. Papa und du, ihr habt uns beide adoptiert. Aber wie ging das denn damals?«

»Das war nicht besonders kompliziert. Wir haben beim Referat für Jugendhilfe einen Antrag gestellt und dabei direkt angegeben, dass wir zwei Kinder haben möchten. Erst haben wir Emma als Säugling und zwei Jahre später dich bekommen. Wir haben dich im Kinderheim hier in Dresden kennengelernt und bald darauf mit zu uns nach Haus genommen. Ihr könnt euch gar nicht vorstellen, wie glücklich wir gewesen sind, endlich eine Familie zu sein.«

Anne und Emma schauten sich an und schmunzelten. Dann erzählte ihre Mutter weiter. »Papa ist mit vielen Geschwistern groß geworden, und er hat schon vor unserer Hochzeit gesagt, dass für ihn auf jeden Fall Kinder zu einer Familie gehören. Aber es hat mit dem Nachwuchs einfach nicht geklappt. Er hat es nie gezeigt, wie enttäuscht er war. Aber ich habe natürlich gespürt, wie er darunter gelitten hat. Ich war dann bei einem Arzt, denn ich wollte ja wissen, was los ist und warum ich nicht schwanger werde. Der Arzt hat festgestellt, dass ich keine Kinder bekommen kann. Das war natürlich ein riesiger Schock.«

Edith Sommer wurde ernst und schluckte.

»Oh, Mama, das muss schwer gewesen sein«, sagte Emma und streichelte zärtlich die Hand ihrer Mutter.

»Als ihr beide bei uns wart, ging es uns besser, auch als Paar. Wir wurden eine verrückte Familie, und das Leben zu viert hat richtig Spaß gemacht. Ich glaube, dass auch leibliche Eltern über zwei so wunderbare Töchter nicht glücklicher sein können, als wir es bis heute sind.« Edith Sommer sah nun wieder entspannt aus und lächelte ihre beiden Mädchen an.

»Mama, wir haben uns immer wohl gefühlt. Da hat nichts gefehlt, im Gegenteil. Und wir haben doch immer über alles reden können, nicht wahr Emma?«

Emma nickte und sagte: »Ich erinnere mich an keinen Streit, und meistens ist bei uns gute Stimmung gewesen. Wir hätten es woanders kaum besser haben können als bei euch.«

Anne und Emma umarmten ihre Mutter, die Tränen in den Augen hatte, beide gaben ihr einen Kuss, eine auf die rechte und die andere auf die linke Wange.

Anne räusperte sich und dann fragte sie: »Weißt du etwas von meinen leiblichen Eltern? Habe ich noch Geschwister?«

»Nein, Anne, ich weiß nichts darüber, noch nicht einmal deinen ursprünglichen Nachnamen. Uns ist gesagt worden, dass deine Eltern gestorben sind. Bei Emma haben wir die gleiche Auskunft bekommen. Ihre Mutter ist bei der Geburt gestorben, Vater unbekannt. Wir haben wirklich nicht mehr erfahren, auch nicht, aus welchem Ort du kommst. In der DDR sind viele Dinge geheim gehalten worden. Aber die Akten sind mittlerweile alle archiviert, jedenfalls das, was noch da ist. Du findest da bestimmt Antworten. Es wäre für euch beide gut, wenn ihr eure Wurzeln kennen würdet, und ihr habt sogar ein Recht auf diese Informationen. Anne, vielleicht erkundigst du dich mal beim Jugendamt hier in Dresden, dort gibt es eine Abteilung für Adoptionen. Vielleicht wissen die ja was. Schon mit sechzehn hättet ihr euch an das Amt wenden können. Vielleicht erinnert ihr euch, dass wir es euch damals gesagt haben. Nur ihr allein könnt um Auskunft bitten, wir nicht. Uns würde man nichts sagen.«

»An meine frühe Kindheit habe ich ein paar Erinnerungen. Aber nicht an meine alte Familie. Es sind alles Erinnerungen, in denen ihr auch vorkommt. Aber es gibt da einen Bilderfetzen in meinem Kopf, den ich nicht verstehe. Ich weiß nur, dass ich irgendwo gesessen habe und sehr traurig gewesen bin. Mich hat jemand in den Arm genommen und mir gut zugeredet. Keine Ahnung, wer das gewesen sein könnte«, erzählte Anne.

»Ich habe keine Erklärung dafür und weiß nicht, wann und wo das gewesen sein könnte«, überlegte Edith Sommer und schüttelte den Kopf. »Vielleicht ist dieser Fetzen tatsächlich noch aus deiner frühesten Kindheit. Du bist zweieinhalb Jahre alt gewesen, als du zu uns gekommen bist.«

»Ach, Schwamm drüber.« Anne schüttelte sich, als wäre sie gerade aus einem Traum erwacht. »Wie auch immer es gewesen ist, wahrscheinlich werde ich nie erfahren, was dieser Bilderfetzen bedeutet.«

»Bei dir, Emma, kann es keine Erinnerungen geben. Deine Mutter ist gleich nach der Geburt gestorben. Du bist dann direkt zu uns gekommen.«

Dann macht es auch keinen Sinn, nach dem Namen zu forschen, dachte Emma.

Die beiden Schwestern ahnten zu der Zeit nicht, was noch alles ans Tageslicht kommen wird.

Lanzarote, 2003: Aufregende Begegnung

Nach viereinhalb Stunden steuerte das Flugzeug im Sink-
flug über dem Atlantik auf den Flughafen *Arrecife* direkt
am Wasser zu. Der Pilot setzte die Maschine sanft auf und
wurde von dem Follow-me-Wagen zu seiner endgültigen
Position geleitet. Anne und Emma liefen die Gangway hinunter und genossen die Sonne, die alles um sie herum
in ein strahlendes Licht hüllte. Es tat ihnen gut, denn zu
Hause hatte bereits der Herbst mit morgendlichem Nebel
und kühlen Temperaturen Einzug gehalten.

Als Anne und Emma das Flughafengebäude verließen,
fanden sie auf Anhieb den richtigen Bus. Die Reiseleiterin
begrüßte die Anwesenden in deutscher Sprache.

»Ich möchte sie als erstes bitten, ihre Uhren um eine
Stunde zurückzustellen. Das ist doch eine gute Nachricht,«
schmunzelte sie. »Sie haben eine Stunde Urlaub gewonnen.«

Verhaltenes Lachen war im Bus zu hören. Emma verdrehte die Augen. Sie mochte solche oberflächlichen Späße
nicht besonders. Die Reiseleiterin wies sie noch darauf hin,
dass man das Wasser aus dem Wasserhahn nicht trinken
sollte. Im Supermarkt würde es Trinkwasser in Behältern
geben.

Sie fuhren durch eine Ortschaft mit weißen Häusern und

ein paar Geschäften. Hinter dem Dorf sahen sie Lanzarotes Markenzeichen: Große Flächen mit brauner und schwarzer Erde, auf denen ein paar Kakteen und einige Palmen wuchsen. In der Ferne erkannten sie rechterhand den Hafen. Wieder fuhr der Bus durch ein Dorf mit weißen Häusern, und endlich konnten Anne und Emma das Meer sehen.

Emma strahlte und war begeistert. »Wie schön es hier ist.«

Nach ein paar Minuten rief die Reiseleiterin: »*Teguise Playa*!«

»Sind wir schon da? Das ging aber schnell.« Emma war überrascht.

Schnell verließen die Schwestern den Bus.

Der Busfahrer wuchtete die beiden Koffer aus dem Gepäckfach und stellte sie vor dem Eingang des Hotels ab. Dann verschwand er mit einem freundlichen Gruß auf den Lippen.

Anne und Emma nahmen ihre Koffer und gingen einige Schritte. Dann öffnete sich automatisch die Glasschiebetür des Hotels. Die beiden betraten eine große, hohe Eingangshalle.

Anne staunte über die rankenden Grünpflanzen, die sich über mehrere Etagen nach oben schlängelten. Ganz links nahm sie eine gemütliche Sitzgruppe wahr, geradeaus sah sie eine breite Treppe nach unten zum Innenhof. Direkt rechts neben dem Eingang entdeckte sie die Rezeption.

Die Dame sprach Deutsch. Sie tippte die Daten der beiden in den Computer ein, gab ihnen den Zimmerschlüssel und drückte ihnen einen Inselplan in die Hand. Dann nannte sie die Essenszeiten und wies auf weitere Informationsquellen hin.

Wie oft die arme Frau das wohl jeden Tag erklären muss, dachte Anne.

Als die beiden auf ihrem Zimmer waren, zog Anne als erstes den Vorhang auf und öffnete die Balkontür. »Wahnsinn, das ist ja wunderschön. Guck mal, Emma, was für ein Ausblick. Ist das nicht traumhaft?«

Die beiden traten ins Freie.

Anne atmete tief ein und aus und genoss den Moment. Das Wellenrauschen, die Sonne, die Luft. Sie sog alles ein. »Und das Meer, Emma, es ist wirklich richtig blau, wie auf den Bildern.«

Emma schlug vor, einfach alles stehen und liegen zu lassen und einen Spaziergang zu machen.

»Gute Idee«, erwiderte Anne.

Die beiden gingen wieder hinunter in die Eingangshalle, nahmen die breite Treppe nach unten zum Innenhof, schlenderten am Pool vorbei bis zum Tor, das zur Promenade führte.

Ein leichter Wind wehte und spielte mit ihren Haaren.

Ein paar Sonnenanbeter hatten sich im Sand der kleinen Bucht direkt am Hotel ausgestreckt.

Die beiden Frauen entschieden sich, die Promenade links entlang zu laufen. Ihr Weg führte sie an weißen Häusern vorbei, deren Fassaden in der Sonne leuchteten.

Auf den Terrassen der wenigen Restaurants hatten sich einige Gäste zum Mittagessen eingefunden.

Fremde Gerüche stiegen den beiden in die Nasen. Als sie noch ein Stück weiter gingen, eröffnete sich ihnen ein beeindruckender Blick auf eine lang gezogene Bucht. Sie blieben einen Moment stehen und bestaunten die Aussicht wie ein Gemälde in einer Galerie.

»Genauso hatte ich es mir vorgestellt. Einfach toll«, sagte Anne zufrieden, schloss für einige Sekunden die Augen und genoss das Meeresrauschen.

Auf dem Wasser zogen zahlreiche Surfer ihre Bahnen. Hier, am großzügigen, natürlichen Sandstrand hatten sich viele Badegäste niedergelassen, um Sonne zu tanken und baden zu gehen.

»Das ist genau das Richtige für uns«, sagte Anne und nahm Emma in den Arm.

Emma war genauso begeistert. »Es ist wie in einem Traum, findest du nicht auch?«

»Ja, wirklich, wunderschön.«

Sie schlenderten weiter und setzten sich am Ende der Bucht auf eine Bank und verweilten ein wenig. Dann machten sie sich langsam auf den Rückweg zum Hotel. Eine Dusche täte jetzt gut.

»Lass uns vorher noch Ansichtskarten und Briefmarken kaufen, dann können wir gleich an Mama und Papa schreiben«, schlug Anne vor.

»Machen wir. Hast du schon irgendwo Karten gesehen?«

»Gegenüber vom Hotel ist ein Supermarkt. Ich denke, dass es da welche gibt.«

Im Supermarkt entdeckte Anne gleich die Drehständer mit den bunten Karten und nahm mehrere heraus.

»Guck mal Emma, die sind schön, irgendwie besonders.«

Anne drehte die Karten um und las, was auf der Rückseite stand.

»Die hat ein Fotograf von Teneriffa, Tullio Gatti, gemacht«, sagte sie.

»Typisch, meine Schwester, als Grafik-Designerin schaut sie erst einmal nach, von wem die Karten sind«, lachte Emma.

»Hast du eine Ahnung, was da vorne drauf ist?« Emma hatte jetzt auch eine Karte in der Hand und hielt sie Anne fragend vor das Gesicht.

»Das weiß ich nicht. Es ist schwer, sich für eine zu entscheiden, findest du nicht? Die sind alle schön.«

Die beiden hatten gar nicht gemerkt, dass hinter ihnen eine junge Frau mit Lockenkopf stand, die sich das Schmunzeln nicht verkneifen konnte, als sie hörte, was die beiden sagten.

»Ich will Sie nicht stören«, schaltete sie sich in einem akzentfreien Deutsch ein.

»*Tullio Gatti* ist ein italienischer Fotograf. Ein sehr guter. Ich will Sie bestimmt nicht davon abhalten, seine Karten zu kaufen. Sie sind gut. Er ist gut.« Sie lächelte Anne und Emma freundlich an. »Aber vielleicht wollen Sie sich diese hier auch noch ansehen. Es sind Karten von Bob Keller. Ich wollte sie gerade auffüllen.« Sie hielt Anne und Emma zwei Karten hin und steckte die restlichen in den Kartenhalter.

»Ich kenne Bob persönlich. Er ist ein hervorragender Künstler und lebt hier auf der Insel.«

Interessiert betrachtete Emma die Karten.

»Entschuldigung, dass ich mich noch nicht vorgestellt habe. Mein Name ist Billy Samson, ich arbeite für Bob. Wir teilen uns das Auffüllen der Karten. Er übernimmt den Süden und ich den Norden der Insel.«

»Die Motive gefallen mir.«

Anne und Emma erzählten Billy, dass sie gerade erst auf der Insel angekommen waren und die Motive der Karten noch gar nicht kannten.

»Außer der Promenade hinter unserem Hotel haben wir noch nicht viel gesehen«, warf Anne lachend ein.

»Stimmt es, dass Sie Grafik-Designerin sind?«

Anne nickte und sah Billy fragend an.

»Wir suchen gerade jemanden für das Layout eines Bild- bandes. Das wird natürlich bezahlt.«

Als Anne sie nur weiter fragend ansah, spürte Billy, dass sie wohl etwas zu forsch gewesen war.

»Entschuldigung. Das war ziemlich direkt. Sie müssen jetzt auch gar nichts dazu sagen.«

»Okay, aber mich interessiert schon, was für ein Buch das ist, was sie da machen.«

Billy schlug vor, sich am nächsten Tag um zehn Uhr im Foyer des Hotels *Teguise Playa* zu treffen. Bob könnte dann dabei sein und von seinem Projekt erzählen.

Emma und Anne waren einverstanden.

»Gut, dann bis morgen. Ich freue mich. Einen schönen Abend noch«, verabschiedete sich Billy.

»Ja, bis morgen, und nochmal danke für den Tipp. Jetzt suchen wir uns erst einmal ein paar Karten von Bob Keller aus.«

Sie winkten Billy hinterher.

Anne kaufte die Karten und die passenden Briefmarken dazu.

Die beiden Schwestern wählten einen schönen Platz auf der Terrasse eines Restaurants. In guter Urlaubsstimmung bestellten sie sich zwei Gläser Wein und eine Flasche Was- ser. Dann stießen sie auf den turbulenten Beginn an und teilten sich eine Portion Tropical-Salat und ein Brötchen. Bis zum Abendessen im Hotel hatten sie noch etwas Zeit.

Emma sah sich die Karten nun genauer an, nahm eine und kramte einen Stift aus ihrer Tasche. »Diese hier?«

Anne nickte.

Während sie schrieb, las sie halblaut für Anne mit: »*Liebe Mama, lieber Papa, Lanzarote ist eine wunderbare Insel, auf der es bestimmt viel für uns zu entdecken gibt. Seid herzlich umarmt von Emma und Anne.*«

Auf dem Weg zum Zimmer sahen sie im Foyer des Hotels einen Briefkasten. Der Kasten sollte am nächsten Tag geleert werden.

Perfekt, dachte Anne.

Am nächsten Morgen kurz vor zehn Uhr saßen Anne und Emma in den Sitzpolstern der Eingangshalle des Hotels gleich neben dem Eingang.

»Vielleicht war das gestern gar nicht ernst gemeint mit dem Treffen«, mutmaßte Emma.

»Wir warten erst einmal. Wenn die beiden nicht kommen, dann vergessen wir das Ganze und machen eine Wanderung«, schlug Anne vor.

Doch im nächsten Augenblick öffnete sich die Tür des Hoteleingangs und Billy trat ein, an ihrer Seite ein großer, stattlicher junger Mann mit dunkelblonden welligen Haaren, einem braun gebrannten Gesicht und einem strahlenden Lächeln.

»Hi«, rief Billy, als sie die Schwestern sah. Freudestrahlend und winkend kam sie auf die beiden zugelaufen, und der Mann folgte ihr.

»Das ist Bob, der wunderbare Inselfotograf«, stellte Billy

ihren Begleiter vor. Dabei machte sie eine ausladende Handbewegung, als käme er auf einem roten Teppich daher.

Anne und Emma schmunzelten über die gestenreiche Vorstellung. Sie standen auf und begrüßten Bob und Billy mit einem Handschlag.

Dann ließen sie sich alle nieder.

»Billy ist bei der Begegnung mit Ihnen gestern wohl mit der Tür ins Haus gefallen. Sie kommt immer schnell auf den Punkt und will mich mit allen Mitteln unterstützen.«

Anne war die Überrumpelung mit den Karten nicht unangenehm gewesen. Billy war ihr vom ersten Moment an sympathisch. Außerdem waren sie ja schon in Urlaubsstimmung. »Kein Problem, so haben wir uns schnell kennengelernt«, erwiderte Anne.

»Sollen wir nicht lieber du zueinander sagen, das andere ist so formal«, schlug Emma jetzt vor.

Alle waren einverstanden.

»Also, worum geht's?« wollte Anne jetzt wissen.

»Bist du die Grafikdesignerin?«

»Genau.«

»Billy hat dir gestern schon ein bisschen von meinem Buchprojekt erzählt, oder?«

»Ja schon, aber nur ganz kurz. Erzähl, was hast du vor.«

Als Bob begann, von seiner Arbeit zu erzählen, fielen Anne seine schönen weißen Zähne auf, und seine Stimme klang sehr angenehm.

»Es soll ein Bildband von der Insel werden. Ein Bildband mit einem besonderen Blick auf all die Schönheiten hier.

»Leider haben wir davon noch nichts gesehen.

»Ihr seid gestern erst angekommen, hat Billy erzählt.«

»Ja«, entgegnete Anne.

Bob fuhr mit der Hand durch seine Haare. »Dann habe ich einen Vorschlag. Was haltet ihr davon, wenn wir das Gespräch über mein Buch verschieben und ich euch zuerst die Schönheiten der Insel zeige?«

»Tolle Idee. Gerne!«Anne und Emma sahen sich erstaunt an und waren sich sofort einig. Mit dieser Programmänderung hatten sie zwar nicht gerechnet, aber der Vorschlag gefiel ihnen sehr. Eine Inseltour mit einem ortskundigen Fotografen. Was gab es Besseres für den ersten Tag?

»Ihr werdet die Insel bestimmt genauso lieben wie wir.«

»Dann lassen wir uns mal überraschen«, lachte Anne.

»Nehmt am besten noch eine Mütze und eine Jacke mit«, riet ihnen Bob. »Der Wind kann ganz schnell kräftiger werden.«

»Die geplanten Auslieferungen haben bis morgen Zeit, Billy, oder?«

»Klar, da kommt es auf einen Tag nicht an.«

Emma und Anne gingen noch einmal kurz aufs Zimmer, um etwas zum Überziehen zu holen. Aber schon wenige Minuten später standen alle vier abmarschbereit im Foyer.

Bob packte eine große Karte aus und legte sie für alle sichtbar auf die Kühlerhaube seines Autos.

»Alle Kanarischen Inseln sind vor vielen Millionen Jahren durch Vulkanausbrüche aus dem Meer entstanden und haben sich durch weitere Eruptionen nach und nach vergrößert.«

Anne und Emma sahen auf die Karte mit den Inseln und hörten Bob zu.

»*Teneriffa* und *Gran Canaria* waren bereits in den sechziger Jahren touristisch erschlossen. *Fuerteventura*, *Gomera* und *Lanzarote* zogen ein paar Jahre später nach. Viele junge

Menschen kamen damals aus verschiedenen europäischen Ländern hierher. Sie wollten aussteigen und anders leben. Aber viele von denen, die blieben, suchten auch Arbeit auf der Insel.«

»Gibt es immer noch welche aus dieser Anfangszeit, die hier leben?« wollte Emma wissen.

»Ja, die meisten sind tatsächlich hier geblieben. Einige leben so gerade am Existenzminimum, und andere sind durch eine Geschäftsidee mehr oder weniger erfolgreich geworden. Wir sind mit mehreren befreundet. Ihr werdet bestimmt einige von ihnen kennenlernen.«

»Prima, ich bin schon gespannt. Solche Schicksale interessieren mich.«

Bob erzählte nun weiter von der Entstehung der Insel. »Lanzarote hat seinen Namen von dem Entdecker *Lanzarotto Marocello*.«

Das hatten Anne und Emma nicht gewusst. Viel hatten sie vorher nicht über die Insel gelesen. Deshalb war für sie das, was Bob erzählte, neu und interessant.

»Und wie groß ist Lanzarote genau?«

»Nicht sehr groß. Ungefähr sechzig Kilometer lang und knapp fünfundzwanzig Kilometer breit. Noch vor dreihundert Jahren hat es hier Vulkanausbrüche gegeben. Insgesamt gibt es dreihundert Krater und überall könnt ihr schwarze oder braune Erde und Felsstücke sehen. Die Bauern verteilen auf ihre Felder *Lapilli* oder schwarzen *Picon*. Diese Lavaasche kann, ähnlich wie Granulat, den Morgentau und das Regenwasser speichern.«

»Wie praktisch. Dann ist die Gefahr der Austrocknung nicht so groß wie bei normaler Erde, oder?«

»Genau. Das ist ein großer Vorteil.«

Bob zeigte Anne und Emma auf der Karte, wo sie gerade waren und fuhr mit dem Finger in Richtung Norden.

»Hier fahren wir entlang.«

Dann faltete er die Karte zusammen und sagte: »Los geht's, Mädels.«

Sie fuhren nach Norden, wie Bob es gezeigt hatte. Bald kamen sie durch *Guatiza*, an dem Kakteengarten vorbei, den der Künstler Cesar Manrique gestaltet hat.

Dann erreichten sie *Mala*. Von der Straße aus sahen sie rechts und links Kakteengärten, auf denen Cochenille-Schildläuse gezüchtet werden, die einen wunderbaren karminroten natürlichen Farbstoff für Lippenstifte, Joghurt, Campari oder Textilien liefern.

Bob hielt kurz an und zeigte ihnen die kleinen weißen Lebewesen, die auf den Kakteen saßen.

Nun folgte der Ort *Arrieta*.

Bob fuhr auf den Kreisverkehr zu, an dem ein riesiges Windspiel stand, das ebenfalls vom Insel-Künstler war. Dann bog er rechts in den Ort ein und blieb vor einem auffälligen blauen Haus direkt am Wasser stehen.

»Ich möchte euch dieses Gebäude zeigen. Es heißt *Casa Juanita* und ist vor fast einhundert Jahren von einem Einwohner gebaut worden, der mit seiner Familie einige Jahre in Argentinien gelebt hat und dort zu Wohlstand gekommen ist. Weil seine Tochter an Tuberkulose erkrankt ist, hat die Familie die Entscheidung getroffen, wieder auf die Insel zurückzukehren. Das Mädchen sollte hier durch die frische Seeluft gesund werden. Doch die Krankheit war schon so weit fortgeschritten, dass es dann leider doch gestorben ist.«

»Wie traurig«, meinte Anne.

Als sie wieder aus dem Ort herausfuhren, machte er sie

auf die Aloe Vera Pflanzen aufmerksam und zeigte auf das Museum. »Das ist eine ganz außergewöhnliche Pflanze. Vielleicht kennt ihr sie. Sie wird für Heilsalbe und Kosmetik verwendet. Aber man kann den Saft auch einnehmen. Schmeckt aber nicht so gut.«

Alle vier lachten.

»In dem Museum werden die Geschichte der Pflanze, der biologische Anbau, die Produktion und die Pflege dargestellt und erklärt. Mittlerweile gibt es vier Aloe-Vera-Museen. Eins davon könnte euch besonders interessieren, schätze ich. Aber das machen wir an einem anderen Tag.«

Die Frauen schmunzelten.

Bob entpuppte sich als exzellenter Inselkenner, der in jedem Detail etwas Schönes entdecken oder mit kleinen Geschichten die Herkunft erklären konnte. Er erzählte so spannend, als wäre das Leben hier ein Roman. Nach wenigen Minuten hielt er das Auto am Straßenrand an und zeigte auf den erloschenen Vulkan *Monte Corona*. Einige Zeit später erreichten sie das *Mirador del Rio*. An diesem nördlichsten Aussichtspunkt stiegen alle vier aus und sahen sich um. Von hier aus konnte man die kleinste der Kanarischen Inseln sehen, *La Graciosa*.

In der Meerenge zwischen den Inseln fuhr gerade ein Personenschiff in den Hafen der kleinen Insel ein. Es schaukelte heftig.

Bob wies mit dem Finger auf zwei weitere dahinter liegende Inseln.

»Könnt ihr die sehen? Das sind die Inseln *Montana Clara* und *Alegranza*. Sie sind unbewohnt. Auf *Alegranza* gibt es Eleonorenfalken, die sind sehr selten.«

»Dieser Ausblick ist ja fantastisch«, schwärmte Anne. »Du hast bestimmt hier schon viele Aufnahmen gemacht.

»Ja, hier war ich schon oft und habe zu unterschiedlichen Tageszeiten Fotos gemacht«, erwiderte Bob. »In dem Bildband kann ich immer nur Ausschnitte darstellen, aber es sollen schon Hingucker sein. Ich möchte, dass der Betrachter verweilen kann.«

Anne nickte ihm zu. »Das ist ein guter Anspruch, finde ich. Der Stand der Sonne wirkt sich doch bestimmt auf die Aufnahmen aus.«

»So ist es. Besonders schön wirken die Fotos in der Blauen Stunde, rund um den Sonnenuntergang. Dann leuchtet der Himmel geradezu.«

Die Fahrt ging weiter an der Westseite des Monte Corona vorbei, durch *Haria*, dem Tal der vielen Palmen, und schließlich die Serpentinen hinauf zum *Risco de Famara*. Von dort oben eröffnete sich ihnen ein einzigartiger Blick über die Insel.

»Wow. Das ist ja ein fantastisches Panorama. Seht ihr das Farbenspiel und die Reflexionen? Toll, einfach toll.«

Emma war fasziniert, und auch Anne staunte über das, was sie sah.

An der *Ermita de las Nieves*, der schneeweißen kleinen Kirche auf einem Hügel, stiegen sie noch einmal aus und blickten auf die Westseite der Insel. Direkt unterhalb davon lag der kleine Ort *Caleta de Famara*, und in der Ferne konnten sie die Anlage *La Santa Sport* sehen. Bob erklärte, dass dort Sportprofis, aber auch Hobbysportler trainieren und wohnen.

»Von hier aus wird oft fotografiert, die kleine schlichte

Kirche, wie sie hier oben einsam über den Orten thront, ist ein schönes Motiv. Aber von hier hat man auch einen guten Rundumblick über einen Teil der Insel«, erzählte Bob.

Anne drehte sich langsam in alle Himmelsrichtungen. Sie erkannte den Hafen von *Arrecife* und die *Costa Teguise*. »Ich kann dir jetzt schon versprechen, dass ich mir gerne dein Projekt anschaue. Damit ich später alles auf den Fotos wiedererkennen kann, versuche ich, mir jeden Ausblick gut einzuprägen.«

»Die Fotos für den Bildband habe ich bereits fertig. Ich habe versucht, das Layout selbst zu machen. Aber vor einigen Tagen habe ich feststellen müssen, dass das nicht gerade einfach ist und dass ich das nicht schaffe.«

»Genau das mache ich beruflich. Ich habe schon häufig Prospekte für Autos und Kataloge für Mode gemacht.«

»Dann bist du wohl die Richtige für mich und mein Buch.«

»Sieht ganz so aus«, antwortete Anne und zwinkerte Bob zu.

Nun fuhren sie nach *Teguise,* einer Stadt, die in der Mitte der Insel liegt. Dort parkte Bob das Auto.

»*Teguise* war bis vor vierhundert Jahren die Hauptstadt der Insel. Seht ihr da oben die Burg? Das ist das *Castillo Santa Barbara*.«

Emma und Anne sahen zur Burg hinauf.

»Früher haben sich die Bewohner dort versteckt, wenn Feinde die Insel überfallen haben. Es gab bis ins 17. Jahrhundert immer wieder Angriffe. «

Sie liefen weiter in den Ort.

Bob zeigte auf ein Gebäude gegenüber der Kirche, das Timple-Museum. »Dort wird ein besonderes Instrument ausgestellt und seine Herstellung in allen Einzelheiten erklärt. Eine Timple sieht aus wie eine kleine Gitarre und ist auf der Insel erfunden worden. Sie ist deshalb so klein, weil die Männer sie früher mitgenommen haben, wenn sie zur See fuhren.«

In dem Lokal direkt gegenüber der Kirche kehrten sie ein, um sich zu stärken. Anschließend machten sie einen kleinen Spaziergang durch den Ort.

Bob führte sie in die Blutgasse, die *Calle de la Sangre.*

»Warum heißt sie so, Blutgasse?« wollte Emma wissen.

»Weil hier einmal viel Blut geflossen ist. Ich weiß nicht genau, wann das war, aber hier sollen Piraten gewütet haben und unter den Bewohnern ein Blutbad angerichtet haben.«

»Das ist aber keine schöne Geschichte.«

»Ja, leider sind die Insulaner früher oft angegriffen worden. Aber jetzt etwas Erfreuliches. An jedem Sonntag findet hier auf dem großen Dorfplatz ein großer, bunter Markt mit allen möglichen Ständen und Waren statt. Manchmal singen und tanzen auch Folkloregruppen.«

Der Wind war kräftig geworden und wehte Annes Haare durcheinander.

»Wartet mal eben, ich muss mir mal meine Locken zusammenbinden.« Anne holte ein Haarband aus ihrer Tasche und bändigte damit ihre Haare. Dann setzte sie die Mütze auf.

»Der feuchte Nord-West-Passatwind kann ganz schön kräftig sein. Und meistens bringt er Wolken mit. Die Leute nennen ihn *Alissio.* Doch die Feuchtigkeit bleibt nicht auf dieser Insel, sondern zieht weiter bis *Teneriffa* und *Gran Canaria.* Dort bleibt sie in den Bergen hängen, weil sie höher sind als diese hier auf Lanzarote. Manchmal kommt der Wind auch aus Osten, von Afrika, und bringt Sand aus der Sahara mit. Das kann dann schon mal ungemütlich und heiß werden. Auch dafür haben sie hier einen Namen, *Calima*.«

»Zum Glück haben wir heute keinen Ostwind. Sand von der Sahara muss ich nicht haben«, meinte Emma, die ihre Haare schon gleich zu Beginn der Fahrt mit einer Mütze schützte.

Sie gingen zurück zum Auto und fuhren weiter. Vorbei an dem *Monumente al Campesino*, eine Hommage an die Landwirte und die Landwirtschaft.

Bob erzählte noch einmal von dem Künstler *Cesar Manrique*, von dem auch dieses Denkmal gebaut worden war. Nun ging es die Weinstraße entlang. Immer wieder mussten sie vorsichtig kleine Radrennfahrer-Gruppen überholen.

»Sieht aus, als wären wir in einem Trainingslager gelandet«, meinte Anne scherzhaft.

»Ja genau, das sind Sportler aus der Anlage La Santa, die ich euch eben von oben gezeigt habe. Sie sind hier, um zu trainieren. Ich habe das Gefühl, es werden von Jahr zu Jahr mehr.

Als Bob das Auto an der *Bodega El Grifo* parkte, schlug er vor, eine kleine Weinprobe zu machen.

»Hört sich gut an«, meinte Emma.

»Das wird euch gefallen, schätze ich. Ich halte mich aber zurück. Hab ja eine kostbare Fracht, drei Mädels, auf die ich gut aufpassen muss«, lachte Bob.

Dann zeigte er in die Weinfelder. »Der Wein gedeiht hier sehr gut. Schaut einmal her. Um die Weinpflanzen vor dem Wind zu schützen, haben die Winzer Trichter in den Boden gegraben. In den Löchern hält sich die Feuchtigkeit gut, zum Beispiel auch die Tautropfen der Nacht.«

Anne und Emma ließen den Blick über die Weinfelder schweifen, die ihnen ein außergewöhnliches Bild boten. So etwas hatten sie noch nie gesehen. Jede Pflanze saß in einem Trichter, an dessen oberen Rand ein Kreis aus Steinen lag.

Die vier gingen in die kleine Bodega und wurden gleich von einem Mann begrüßt, der ihnen einen Tisch mit Holzstühlen zuwies.

»Buenos tardes.«

Bob erklärte ihm in spanischer Sprache, dass die Damen gerne die unterschiedlichen Weinsorten probieren würden.

Der Mann stellte nacheinander mehrere kleine gefüllte Gläschen auf den Tisch und erzählte etwas zu den Besonderheiten der Reben.

Bob übersetzte.

Anne, Emma und Billy ließen sich den *Malvasier seco* und *semidulce* in weiß und rot sowie den *Moscatel* schmecken. Zwischendurch wurde ihnen Brot und Käse serviert.

Billy nahm noch drei Flaschen *Malvasier seco* mit und bezahlte die Rechnung. Anne wollte ihren und Emmas Anteil übernehmen, doch Billy winkte ab. »Das ist schon in Ordnung. Schließlich haben wir euch hierher geführt. Dann bezahlen wir das auch.«

Als sie zum Parkplatz schlenderten, fragte Bob Anne und Emma, wie ihnen der Tag gefallen habe.

Emma geriet ins Schwärmen. »Für mich war alles neu, und ich habe jeden Moment genossen.«

»Durch die starken Kontraste«, so erklärte Anne, »ist Lanzarote genau nach meinem Geschmack. Ich habe das Gefühl, hier gut zur Ruhe kommen zu können.«

»Prima, das höre ich gern. Genauso ist es mir auch ergangen, als ich mich für diese Insel entschieden habe. Meine Gefühle für Lanzarote sind auch in den vergangenen Jahren kein bisschen abgenutzt. Ich bin hier zu Hause, ich bin angekommen in meinem Leben. Mittlerweile habe ich die Sprache gelernt und kann mich mit den Einheimischen, mit Geschäftsleuten und Behörden einigermaßen verständigen. Obwohl Lanzarote für den Tourismus erschlossen ist und pro Tag fünfzig Flugzeuge starten und landen, lässt es sich hier immer noch gut als Residenter leben. Irgendwie ist hier noch vieles ursprünglich geblieben.«

Dann räusperte er sich und sagte: »Wir beenden jetzt unsere Rundfahrt und bringen euch zum Hotel zurück, denn auf euch wartet jetzt bestimmt ein gutes Abendessen.«

»Ja, vielen Dank. Wir haben eure kostbare Zeit schon viel zu lange in Anspruch genommen«, entgegnete Anne.

»Das ist schon in Ordnung. Übermorgen holen wir euch um die gleiche Uhrzeit ab, und dann schauen wir uns die *Montana del Fuego* an, damit sind die Feuerberge um den *Timanfaya* gemeint, wo es vor dreihundert Jahren die letzten Vulkanausbrüche gegeben hat, durch die die Insel wieder etwas größer geworden ist.«

»Wo lebt eigentlich der Künstler César Manrique?«, fragte Anne.

»Leider ist er vor einigen Jahren, ich glaube es war 1992, bei einem Unfall ums Leben gekommen«, berichtete Bob. »Aber es gibt auf der Insel einige Stätten, die an ihn und an seine Kunst erinnern. Einige wenige habt ihr ja schon gesehen.«

»Ich würde gerne etwas mehr über ihn wissen wollen«, warf Emma ein.

»César Manrique ist hier auf der Insel geboren und wird von den Insulanern sehr verehrt. Er hat mit seinen Werken und durch seinen Kampf für sanften und nachhaltigen Tourismus das Gesicht der Insel geprägt. Nach seinem Architekturstudium und ein paar Jahren in den USA ist er 1986 nach Lanzarote zurückgekehrt. Den Bewohnern hat er versprochen, ihre Insel zu einem wunderbaren Ort zu machen. Und das ist ihm meiner Meinung nach auch gelungen. Aus der Militärfestung von *San José* hat er ein wirklich bemerkenswertes Museum für zeitgenössische Kunst errichtet. Das *Mirador del Rio* kennt ihr ja schon. Viele Skulpturen und Windspiele sind von ihm und in einem stillgelegten Steinbruch hat er den Kakteengarten gestaltet, an dem wir gleich zu Anfang vorbeigefahren sind. Überall findet man Werke und Bauten, die seinen einzigartigen Fingerabdruck haben. Der Lavatunnel *Jameos del Agua* ist durch César Manrique etwas ganz Besonderes geworden. Das *Monumente al Campesino* ist sein erstes Werk gewesen. Erinnert ihr euch, wir sind heute daran vorbeigekommen? Seine Arbeit ist der Grund, warum Lanzarote von der UNESCO im Jahr 1993 zum Biosphärenreservat ernannt worden ist. Wenn ihr Lust habt, können wir an einem anderen Tag ausführlich auf seinen Spuren wandeln.«

»Ja, gerne.«

Anne hätte Bob noch stundenlang zuhören können. Er erzählte von der Insel Lanzarote, als wäre es eine Abenteuergeschichte. Nie wurde es langweilig. Sie sah ihm gerne dabei zu, wie er seine Rede mit seinen Händen und Armen untermalte. Seine Augen strahlten und seine Stimme hatte es ihr tatsächlich angetan. Das alles gefiel ihr gut.

Die vier verabschiedeten sich wie gute Freunde und verabredeten sich für den übernächsten Tag.

Beim Abendessen unterhielten sich die Schwestern angeregt über das, was sie erlebt hatten.

»Als wir in Bobs Auto gestiegen sind, ist er in diesem Augenblick ja noch ein völliger fremder Mensch gewesen. Aber ich habe das überhaupt nicht unangenehm empfunden, muss ich gestehen«, meinte Anne. »Irgendwie hat er etwas Vertrautes. Er streichelt mit seinen Worten, findest du nicht.

»Anne, Anne.«

Emma machte ein bedenkliches Gesicht.

»Bist du etwa verknallt?«

»Quatsch. Ich finde ihn einfach sympathisch.«

»Du weißt schon, dass er vergeben ist?«

»Ja, natürlich. Und das ist auch in Ordnung. Billy ist eine tolle Frau und passt auch gut zu ihm. Was meinst du, wir sollten das Angebot doch annehmen, findest du nicht? Denn die Insel mit den beiden zu erkunden ist einfach toll.«

Am nächsten Tag liefen Anne und Emma zu Fuß nach *Arrecife*, die Hauptstadt der Insel. Eine ganze Weile gingen sie die Promenade an der *Costa Teguise* entlang. Doch vor der Meerwasserentsalzungsanlage mussten sie die idyllische Promenade verlassen und zur Straße wechseln. Danach führte ihr Weg durch das Hafengelände. Bald darauf schlenderten sie die breite Uferstraße entlang. Als sie den Eingang der Fußgängerzone, die *Rambla* genannt wird, entdeckten, waren sie sich wortlos einig: Schaufenster ansehen war jetzt dran. Sie bummelten, bis sie genug hatten.

Zurück auf der Uferstraße liefen sie weiter bis zum einzigen Hochhaus der Insel. Sie betraten das Grand Hotel, fuhren mit dem Fahrstuhl bis in den vierzehnten Stock und gingen in das frei zugängliche Café. Ein Tisch war noch frei. Sie setzen sich und bestellten beim Kellner Kaffee und Kuchen. Von hier oben hatten sie einen herrlichen Ausblick auf einen großen Teil der Insel. Sie konnten sich gar nicht sattsehen und machten zahlreiche Fotos.

Als sie sich wieder zu Fuß zur *Costa Teguise* aufmachten, wurde Emma etwas nachdenklich.

»Anne, darf ich dich mal was fragen?«

»Klar. Was denn?«

»Wir haben uns doch neulich über unsere Kindheit unterhalten. Mama ist auch dabei gewesen. Erinnerst du dich?«

»Ja, natürlich.«

»Da hast gesagt, dass du dich an eine fremde Person erinnerst, die dir gut zugeredet hat.«

»Ja, das ist keine richtige Erinnerung, sondern nur so ein Bilderfetzen. Eigentlich weiß ich gar nicht, woran ich mich da erinnere.«

»Erzähl nochmal genau, was ist denn das für Fetzen.«

Anne blieb stehen und sah in die Ferne.

Emma sah sie an und wartete.

»Ich sehe mich irgendwo sitzen. Keine Ahnung wo. Aber ich bin vermutlich sehr traurig. Was ich aber genau weiß ist, dass sich jemand neben mich setzt und mich in den Arm nimmt. Dann werde ich ruhiger und bin nicht mehr so traurig. Es ist aber wohl keine fremde Person gewesen.«

»Hört sich eigentlich ziemlich hoffnungsvoll an, oder?«

»Ja, vielleicht.«

Die beiden Schwestern schwiegen.

»Wenn dich jemand getröstet hat, dann heißt das doch, dass du nicht allein in der Situation gewesen bist. Irgendjemand scheint sich ja um dich gekümmert zu haben.«

»So habe ich das noch gar nicht gesehen. Aber klar, irgendjemand hat mich in den Arm genommen. Die Traurigkeit ist vorher wohl so stark gewesen, und deshalb habe ich dieses Bild mit einem schlimmen Erlebnis in Verbindung gebracht. Aber du hast recht. Ich bin nicht allein gewesen. Und das ist wichtig.«

Sie umarmte ihre Schwester und gab ihr einen Kuss auf die Wange. »Danke!« Dann hakte sie sich bei ihr ein, und die beiden gingen weiter.

»Ich bin ja ein Säugling gewesen, als mich unsere neuen Eltern bekommen haben. Deshalb weiß ich gar nichts. Aber warum soll ich beim Jugendamt nachfragen und in meiner Vergangenheit wühlen? Meine Mutter ist nicht verheiratet gewesen und bei der Geburt gestorben. Das ist bekannt. Warum soll ich nach ihrem Namen und nach dem Ort forschen? Das nützt mir gar nichts. Ich will lieber nach vorn schauen.«

»Mama hat gesagt, es ist gut, wenn man weiß, woher man kommt und wo jede von uns ihre Wurzeln hat. Es ist auch gut zu wissen, ob man noch Verwandte hat und ob es Krankheiten in der leiblichen Familie gibt.«

»Weißt du Anne, wenn man anfängt zu suchen, kann es auch passieren, dass Geister der Vergangenheit geweckt werden, denen man lieber nicht begegnen möchte. Eine Kollegin von mir hat das neulich erzählt. Sie ist völlig verzweifelt gewesen, weil sie aus den Stasi-Unterlagen erfahren hat, dass ihr Vater ihre Mutter bespitzelt und seine eigene

Frau verraten hat. Stell dir das mal vor. Sowas möchte man doch eigentlich gar nicht wissen.«

»Ja, das ist furchtbar. Aber ich will die Wahrheit wissen, egal was sich dahinter verbirgt. Und Angst habe ich nicht. Die Geschichte gehört zu mir, auch wenn sie vielleicht nicht schön ist. Nichts zu wissen, finde ich viel schlimmer.«

»Du bist mutig, Anne, richtig mutig. Das finde ich gut.«

»Ich will einfach nur verstehen, was passiert ist und warum es passiert ist. Und dann will ich einen Haken dahinter machen, verstehst du?«

»Ich glaube, ich weiß, was du meinst.«

Ein leichter Wind wehte.

Als an der Promenade ein Restaurant direkt am Wasser auftauchte, sagte Emma: »Komm, wir setzen uns dort auf der Terrasse in eine geschützte Ecke und trinken noch einen Kaffee.«

»Super Idee.«

»Emma, jetzt erzähl doch mal von Alexander. Du hast da so Andeutungen gemacht, dass da was zwischen euch ist.«

Emma druckste etwas herum.

Die beiden bestellten zwei Kaffee.

»Na los, jetzt erzähl.«

Ich habe dir doch gesagt, dass ich ihn vor ein paar Monaten auf der Moritzburg kennengelernt habe, bei der Fortbildung, auf der ich gewesen bin. Er ist auch Lehrer. Vor zwei Wochen haben wir uns dann wiedergesehen.«

»Ja und? Sag schon.«

Emma strahlte. »Na, es hat gefunkt.«

Anne nahm Emma lachend in den Arm. »Und? Meinst du, es ist was Ernstes?«

»Sieht so aus.«

»Da bin ich aber gespannt, Schwesterherz. Dann will ich ihn aber bald kennenlernen, hörst du? Du musst ihn unbedingt mal mitbringen.« Anne drückte ihre Schwester wieder.

»Das mache ich, Anne, sobald wir wieder zurück sind. Ich schätze, du wirst ihn mögen.«

Am späten Abend wurde der Wind kräftiger. Auch auf dem Balkon von Annes und Emmas Zimmer war er nicht nur zu spüren, sondern auch zu hören. Die Rohre der Brüstung wirkten wie Flöten, und an dem Sonnenschutz über dem Fenster klapperten die Holzlatten wie ein Schlagzeug.

Die beiden Schwestern saßen in den Sesseln und hatten die Beine auf die Bettkante gelegt. Eigentlich wollten sie vor dem Schlafengehen noch etwas lesen. Doch durch die ungewohnten Geräusche konnten sie sich gar nicht konzentrieren.

Anne ging auf den Balkon und überlegte, wie sie das Klappern eindämmen könnte. Doch sie hätte an vielen Stellen gleichzeitig Decken und Handtücher festbinden müssen. Ohne Aussicht auf Verbesserung betrat sie wieder das Zimmer. »Keine Chance.« Sie schüttelte den Kopf.

»Wir können ja noch mal nach unten gehen«, schlug Emma vor.

In der Eingangshalle war noch einiges los. Viele Gäste saßen in den Sesseln und verfolgten das Abendprogramm des Hotels.

Eine Gruppe einheimischer Frauen und Männer in Trachten sangen volkstümliche Lieder und tanzten dazu.

Anne und Emma schauten zu, bis sie ihre Darbietung beendet hatten. Es waren fröhliche Lieder, die die Einheimischen sangen, mit Instrumenten begleiteten, und zu denen sie sich rhythmisch bewegten.

»Lass uns mal nach draußen gehen«, schlug Anne vor.

Sie verließen das Foyer durch die Eingangstür. Nach wenigen Schritten spürten sie den Druck des Windes. Sie stemmten sich dagegen, liefen einige Meter, bis ein Blick aufs Meer möglich war. Aus sicherer Entfernung beobachteten sie, wie die Wellen auf die Strandpromenade schlugen und dort große Wasserpfützen hinterließen. Plötzlich landete ein Handtuch geradewegs auf dem Boden vor ihnen und legte sich mit dem nächsten Windstoß um Annes Beine. An einer Seite hing noch eine Wäscheklammer.

Emma griff es und wollte es später an der Rezeption abgeben.

Die beiden sahen, dass das Restaurant, in dem sie am Nachmittag die Ansichtskarten geschrieben hatten, alle Türen zugezogen hatte. Die wenigen Gäste, die sich noch dort aufhielten, saßen im Inneren.

»Sollen wir noch ein Glas Wein trinken?«, fragte Emma.

»Ja, klar, schlafen können wir jetzt ohnehin nicht«, meinte Anne und hakte sich bei Emma ein.

Die beiden kämpften sich die wenigen Meter bis zum Lokal vorwärts. Sie traten ein und setzten sich an einen Tisch, der direkt am Fenster stand. Hier waren sie geschützt und hatten einen freien Blick auf die beleuchtete Strandpromenade.

Auch im Restaurant war der Wind zu hören. Er pfiff, heulte, rappelte, klapperte. Draußen auf der Terrasse brummte und grollte er zwischen den Stühlen und Tischen und in den Markisen. Mittlerweile war das Ganze zu einem kräftigen Sturm angewachsen.

Dennoch, Anne und Emma machte das keine Angst. Im Gegenteil, es fühlte sich eher an wie ein Abenteuer. Von ihrem sicheren Sitzplatz aus verfolgten sie gebannt, mit welcher Kraft die Elemente wirkten. An der Ostsee, wo sie mit ihren Eltern früher häufig in den Sommerferien waren, hatten sie so etwas noch nie erlebt.

»Ich bin sicher, dass wir hier noch aufregende Erlebnisse haben werden«, meinte Anne, »und ich bin gespannt darauf.«

Am nächsten Tag war es fast windstill. Die Sonne strahlte von einem fast wolkenlosen Himmel. Das Hotelpersonal hatte alle Stühle wieder aufgestellt und den Sand, der auf die Terrasse geweht worden war, zusammengefegt.

Die vier Freunde trafen sich am Morgen wieder, und Anne und Emma ließen sich gerne die weiteren Schönheiten der Insel zeigen. Wie Bob angekündigt hatte, sollte es in das jüngste Vulkangebiet *Montana del Fuego* gehen.

Sie fuhren mit dem Auto durch die Feuerberge bis zu einem Parkplatz. In dem Besucherzentrum *Islote de Hilario* erfuhren sie, dass der Vulkan nur wenige Meter unter der Oberfläche immer noch sehr heiß war. Mit einem Touristenbus konnten sie am Kraterrand des *Timanfaya* entlangfahren. Während der Fahrt lauschten sie einem Zeitzeugenbericht aus dem Jahr 1730, den ein männlicher Profi-Sprecher nachgesprochen hatte. Ein Pfarrer aus *Yaiza* hatte damals aufgeschrieben, wie Asche und feines Gestein aus dem Vulkan über fünf Jahre lang die fruchtbaren Felder der Gegend bis nach *Uga* bedeckt hatten.

Soweit das Auge reichte, sahen sie jetzt nur noch erstarrte Lava und dunkle Asche. Es sah aus wie eine Mondlandschaft.

Nachdem die Rundfahrt am Kraterrand des Vulkans beendet war, schlug Bob vor, in das Restaurant des Besucherzentrums zu gehen.

Von hier hatten sie einen fantastischen Panoramablick über die Feuerberge. Sie aßen auf Empfehlung von Billy *Pollo con Arugadas y Verdura*, Hähnchenschenkel, die auf dem Naturgrill gegart worden waren und mit kleinen runden Kartoffeln und Salat serviert wurden. Dazu gab es *Mocho Verde* und *Mocho Rocho*, Soßen aus grünen Kräutern oder rotem Paprika mit Knoblauch und Olivenöl.

Auf der Rückfahrt am Fuß des *Timanfaya* sahen sie Dromedare. »Jeden Morgen laufen über zweihundert Tiere von *Uga*, wo sie gezüchtet werden, in mehreren Karawanen hierher und abends wieder zurück, damit die Touristen darauf reiten können«, erzählte Bob.

Dann fuhren sie wieder zurück an die Küste und legten in *Puerto del Carmen* einen Zwischenstopp ein. Sie fanden ein gemütliches Café, und Anne kündigte an, die drei zu Kaffee und Kuchen einzuladen.

»Wir beide, Emma und ich, möchten uns bedanken für eure fachkundige und kurzweilige Führung über die Insel.«

»Uns hat es Spaß gemacht, euch die Schönheiten der Insel zu zeigen. So etwas machen wir ja nicht jeden Tag. Und Anne, was das Layout betrifft, da kann ich auch meinen Freund Franz fragen. Der hat so etwas auch gelernt. Fühl dich bitte nicht verpflichtet, das zu machen, weil wir euch über die Insel geführt haben.«

»Ach, mach dir keinen Kopf, Bob. Ich bin jetzt schon so angetan von diesem Fleckchen Erde hier, dass ich die Arbeit an deinem Buch kaum erwarten kann. Wie stark hier die

Elemente wirken, Feuer, Wasser, Luft und Licht, das ist alles so intensiv. Ich bin gespannt, ob du das auch auf deinen Fotos zum Ausdruck bringst. Aber jetzt erzähl doch mal genauer, was du so machst und vorhast.«

Bob tat es gut, dass Anne und Emma sich für seine Arbeit als Inselfotograf interessierten. Er berichtete nun, wie er arbeitete, und er erzählte von seinen Kartenserien und den Aufträgen bei Hochzeiten und Jubiläumsfeiern. Mittlerweile reichte das, was er verdiente, zum Leben.

»Hast du viel Konkurrenz hier auf der Insel?«, fragte Anne und nahm einen kräftigen Schluck aus der Kaffeetasse.

»Es geht. Ich bin natürlich nicht der einzige Fotograf, der hier sein Geld verdienen möchte. Angefangen habe ich damit, Touristen an besonderen Plätzen zu fotografieren, beim Reiten auf dem Dromedar, bei Besichtigungen und so. Aber mich hat die Landschaft mehr interessiert. Ich bin über die Insel gezogen und habe überall Aufnahmen gemacht. Dadurch hab ich Reiner kennengelernt, Reiner Loos, einen Deutschen, der schon über zwanzig Jahre lang Ansichtskarten, Kalender und Bildbände gemacht hat. Er hat zu der Zeit noch in *Mácher* gewohnt und ist ein guter Freund geworden. Doch jetzt ist er nach Fuerteventura übergesiedelt. Er hat da einen alten Bauernhof gekauft und den zu einem Touristenzentrum umgebaut, die Casa Santa Maria, in dem ein Restaurant eingerichtet ist, und in dem er Platz für Kunsthandwerker geschaffen hat, denen man bei der Arbeit zusehen kann. Für mich ist das natürlich super gewesen, ich habe seinen Platz einnehmen können, aber ich muss auch das Gleiche anbieten wie er.« Bob war anzusehen, dass ihn das zufrieden machte.

»Da hast du ja echt Glück gehabt«, meinte Anne.

»Das kann man wohl sagen.«

»Und was ist mit dem anderen, wie hieß er noch?«

»Meinst du *Tullio Gatti*?«

»Ja, genau. Der macht doch auch Ansichtskarten«, erinnerte sich Emma jetzt.

»Schon seit Jahrzehnten bietet *Tullio Gatti* auf allen Kanarischen Inseln seine Ansichtskarten an. Er macht gute Aufnahmen, und für mich ist er schon ein Konkurrent, doch er wohnt nicht hier. Das ist wiederum mein Vorteil: Mich kennen die Leute. Ich bin das ganze Jahr über hier und habe gute Kontakte zu den Einheimischen. Die buchen mich dann für ihre Feste und Feiern. Das sind ziemlich regelmäßige und gute Aufträge.«

»Und Fotobücher, verkaufst du die auch?« Anne war neugierig geworden.

»Noch nicht. Das Projekt, für das ich im Moment Hilfe brauche, ist mein erstes. Aber wenn es läuft, dann mache ich noch mehr. Warum nicht?«

»Ich kann mir vorstellen, dass du auch viel Geld für deine technische Ausrüstungen und die Software brauchst.«

»Klar, ich fahre da immer so einen Mittelweg. Natürlich brauche ich gute Geräte, aber es müssen nicht unbedingt die teuersten sein. In den ersten zwei Jahren hier habe ich noch meine *Exakta* gehabt.«

Bob musste schmunzeln. »Das ist lange her. Da habe ich noch alles manuell einstellen müssen. Das hat auch seinen Reiz gehabt, klar. Ich habe nicht so viele Aufnahmen gemacht wie jetzt mit der Digitalkamera. Zwischendurch habe ich noch Filme wechseln müssen. Ich habe mir aber für den Moment der Aufnahme viel mehr Zeit genommen, ja, nehmen müssen. Und damals habe ich noch gespannt auf die entwickelten Bilder gewartet.«

Bob und Billy lachten sich zu.

»Ja, stimmt, ich erinnere mich noch, wie das war. Ich habe als Kind auch einen ähnlichen Fotoapparat gehabt und gespannt auf die Entwicklung des Films gewartet«, warf Anne lachend ein.

»Irgendwann habe ich dann alles auf Digital umgestellt. Jetzt sitze ich am Computer und stehe nicht mehr in meiner Dunkelkammer. Als Jugendlicher habe ich meine Fotos noch selbst entwickelt. Das ist eine Heidenarbeit gewesen, hat aber auch Spaß gemacht.«

»Wo bist du denn groß geworden?«

Bob stockte einen Moment. Dann sagte er kurz: »Potsdam.«

»Potsdam. Also auch ein Kind der DDR, so wie wir«, lachte Emma.

»Wir sind aus Dresden.«

Bob machte ein ernstes Gesicht und sagte nichts.

Da ergriff Billy das Wort. »Erzähl doch mal Anne, hast du schon mal ein Layout für einen Bildband gemacht?«

»Für einen Bildband noch nicht. Aber so etwas Ähnliches. Ich habe schon häufig Werbeprospekte für Automarken und auch dicke Kataloge für Modefirmen gestaltet. Das gehört zu meinen Aufgaben.«

Bob schwieg immer noch.

Dafür sprach Billy weiter. Sie erzählte, wie der Bildband werden sollte. Die Auswahl der Bilder ist schon erledigt, samt Textdateien mit Bildunterschriften und Kennung. Eigentlich könnte eine Grafikerin gleich loslegen und das Layout erstellen. Billy zwinkerte Anne zu.

»Okay, hört sich alles ganz gut an. Ich werde es machen. Am besten, du gibst mir alle Dateien, die Fotos und die Bildunterschriften auf einer externen Festplatte mit. Dann kann ich zu Hause gucken, was ich machen kann.«

»Super! Das ist sehr lieb von dir«, erwiderte Bob.

»Das Layout kann ich natürlich nicht offiziell in der Firma machen, da müsste ich jede Stunde abrechnen und das wäre einfach zu teuer. Ich werde es an meinem Laptop zu Hause machen. Ich sehe es praktisch als privaten Auftrag«, erklärte Anne. Sie kramte in ihrer Tasche, zog eine Visitenkarte heraus und gab sie Bob.

»Aber ich will dich schon bezahlen.«

Anne winkte ab. »Ich kann den Aufwand noch gar nicht einschätzen. Wenn ich genau sehen kann, was gemacht werden muss, dann weiß ich mehr. Bis Weihnachten sind es noch sechs Wochen, Zeit genug, schon mal was auszuprobieren. Gleich nach den Feiertagen kommen Emma und ich wieder nach Lanzarote.«

»Tatsächlich? Das ist ja klasse.« Billy und Bob strahlten.

»Bis dahin bleiben wir über E-Mail in Kontakt. Ich könnte auch ein paar Probedrucke auf unterschiedlichem Papier machen und die dann mitbringen.«

»Es sieht so aus, als wären wir ein unschlagbares Quartett«, warf Billy ein.

»Habt ihr nicht Lust, uns am Freitag zu besuchen? Ich backe einen Kuchen, und Bob holt euch am Nachmittag ab. Das wäre doch toll. Dann könntest du auch die Dateien mitnehmen, Anne.«

»Und nicht vergessen, einen Tag brauchen wir noch, um auf den Spuren Manriques zu wandeln«, erinnerte Bob.

Das Haus, in dem Bob und Billy wohnten, lag zentral und gehörte einem Spanier, der es ihnen auf unbestimmte Zeit vermietet hatte mit der Option, dass sie es vielleicht eines Tages kaufen können. Von der Terrasse aus sah man aufs Meer. Es war ein wundervoller Ort. Sie nannten es *Casa Esperanza*, das Haus der Hoffnung.

Als die vier jungen Leute zwei Tage später zusammen auf der Terrasse standen, wollte Anne wissen, warum sie das Haus so nannten.

»Die Vergangenheit war bei uns beiden nicht einfach. Aber wir haben beschlossen, hier auf Lanzarote den alten Ballast abzuwerfen. Der Name *Haus der Hoffnung* steht für unsere Haltung, nach vorne zu schauen und uns nicht von den Schatten der Vergangenheit bestimmen zu lassen.«, meinte Billy.

»Ihr habt es hier sehr schön, und der Ausblick ist fantastisch«, bemerkte Anne nachdenklich. »Und ich glaube euch, dass ihr hier die Vergangenheit ruhen lassen könnt.«

Billy wies allen einen Platz an der Kaffeetafel zu, und legte jedem ein Stück Kuchen auf den Teller. Während sie Kaffee einschenkte, sprach sie weiter. »Wir sitzen oft hier und beobachten die Natur. Hier wohnt ein Wiedehopf im Baum. Und manchmal machen Wüstenraben hier einige Tage Flugpause. Vor ein paar Tagen tauchte ein Neuntöter auf. Kennt ihr den? Das ist ein kleiner Vogel, der gerne die Geckos verspeist. Er spießt sie auf den Stacheln der Kakteen auf und verdrückt sie dann genüsslich, bis nur noch das Gerippe übrig bleibt.«

»Die Natur kann manchmal grausam sein.« Anne schüttelte sich. Dann schaute sie sich um. »Was ist das?« fragte sie und zeigte auf eine große glatte Fläche, die von einer niedrigen Mauer eingefasst war.

»Das ist unsere Zisterne. Darunter sammeln wir das Regenwasser, es ist nur zum Duschen, Wäschewaschen und zur Bewässerung im Garten. Trinken sollte man das Wasser besser nicht«, erklärte Billy.

»Müsst ihr das Trinkwasser extra kaufen?«, fragte Emma.

»Ja, klar, wie ihr im Supermarkt«, erwiderte Billy.

»Aber man gewöhnt sich dran.«

»Es ist hier wirklich paradiesisch«, schwärmte Emma.

Bob nickte. »Ja, paradiesisch, das ist das richtige Wort. Wir möchten auch an keinem anderen Ort auf der Welt leben. Selbst wenn hier nicht alles perfekt ist. Was die Behörden und die Verwaltung betrifft, so liegt noch manches im Argen. Euch sind sicher die vielen unbewohnten Häuser aufgefallen. Die meisten sind illegal gebaut worden, ohne Baugenehmigung, und jetzt dürfen die Leute nicht einziehen. Manchmal hilft Schmiergeld, und dann wird alles geregelt, und die Leute bekommen nachträglich die Genehmigung, aber auch nicht immer. In Deutschland wäre so etwas nicht möglich. Aber ganz ehrlich, Probleme kannst du überall auf der Welt haben.«

»Wir haben inzwischen viele gute Freunde hier«, erklärte Billy. »Einige stammen von hier, andere kommen aus den unterschiedlichsten Ländern der Welt. Die Menschen hier sind lockerer als in Deutschland, arbeiten aber auch hart. Das gefällt mir.«

Bob machte ein ernstes Gesicht. »Leider haben wir hier auf der Insel einen richtig großen Schandfleck, der ist weit sichtbar, die Meerwasserentsalzungsanlage. Die Anlage könnte eigentlich längst durch Sonnenenergie angetrieben werden. Aber wie ihr selbst gesehen habt, steigt dunkler Qualm aus den Schornsteinen. Der Strom wird leider immer noch mit Hilfe von Schweröl erzeugt.«

»Aber es gibt mittlerweile viele junge Leute, die für den Schutz der Insel kämpfen. Mal sehen, wann es ein Einsehen gibt und Klimaschutz großgeschrieben wird«, meinte Billy.

Anne und Emma hörten zu. Es ist etwas anderes, wenn man Leute kennenlernt, die auf Lanzarote wohnen. Im Hotel geht es nur um Ausflugsziele und Tagestouren. Die Touristen sind nach zwei Woche meistens wieder weg. Aber die, die hier leben, haben eine andere Sicht auf die Insel.

Bob und Billy gehörten zu denen, die blieben, den *Residenten*.

»Seit Spanien Mitglied in der Europäischen Gemeinschaft ist, hat sich schon etwas verändert. Viele Straßen und Promenaden sind mit EU-Fördergeldern ausgebaut worden. Für uns *Residente*, die hier leben und arbeiten, ist das Leben einfacher geworden. Es gibt nicht mehr so viel Bürokratie wie noch am Anfang. Die Flüge innerhalb der Kanarischen Insel und zum spanischen Festland sind für uns deutlich günstiger als für Touristen«, erklärte Bob.

»Habt ihr denn die spanische Staatsangehörigkeit?«

»Nein, nur die deutsche. Bei den Regionalwahlen können wir mitmachen, sonst aber nicht. Aber man braucht die Staatsangehörigkeit auch nicht unbedingt. Arbeitsmöglichkeiten gibt es für Leute aus den EU-Ländern reichlich«, erklärte Billy.

»Und was ist, wenn ihr mal krank seid?« wollte Emma wissen.

»Im letzten Winter haben wir beide nacheinander eine schwere Erkältung mit Fieber gehabt. Wir haben richtig flach gelegen«, erzählte Billy. »Aber das ist kein Problem gewesen. Im *Salut*, das ist die staatliche Krankenversorgung hier, sind wir kostenlos behandelt worden. Das ist überall in Spanien so. Es gibt auch Privatärzte, aber bei denen muss jeder sofort bezahlen.«

Bob stand auf, ging ins Haus und kam mit einer kleinen schwarzen Platte zurück. »So, das ist meine ausgewählte Fotosammlung für den Bildband. Die Reihenfolge habe ich festgelegt und alles durchnummeriert«, sagte er und gab Anne den Datenspeicher.

Anne lächelte. »Ich werde gut drauf aufpassen, versprochen.«

Sie packte den Datenspeicher in eine leere Schachtel und verstaute alles in ihrer Handtasche.

»Wenn ihr möchtet«, schlug Billy jetzt vor, »könnt ihr beim nächsten Aufenthalt auf der Insel ein Zimmer im Hotel *Los Fariones* buchen. Das ist gleich hier um die Ecke, direkt am Meer. Nur wenige Minuten zu Fuß, ein Katzensprung.

Die Idee fanden Anne und Emma gut.

Sie machten alle zusammen einen Spaziergang und begutachteten das Hotel. Die beiden Schwestern entschieden sich, das nächste Mal hier zu wohnen.

Nach einem schönen und kurzweiligen Nachmittag brachten Billy und Bob die Schwestern zurück zum Hotel.

Nach dem Abendessen packten Anne und Emma ihre Koffer. Obwohl sie sich auf ihre Eltern und ihr Zuhause freuten, überkam sie etwas Wehmut. Sie hatten die Insel und die neu gewonnenen Freunde ins Herz geschlossen. Gleichzeitig freuten sie sich schon auf das geplante Wiedersehen in den Weihnachtsferien, das noch viele Überraschungen zu bieten hatte.

Dresden, 2003: Wieder zu Hause

Das Flugzeug landete auf dem Flugplatz in Dresden. Die Passagiere wurden in das Gebäude geleitet.

Am Kofferband nahmen Anne und Emma ihr Gepäck entgegen.

»Da sind sie! Hallo Mama! Hallo Papa!«

Anne und Emma rollten ihre Koffer durch den Ausgang der Sicherheitszone des Flughafens.

Ihre Eltern sahen ihnen von der Besucherseite entgegen und winkten.

»Ihr seht ja gut erholt aus«, staunte Frau Sommer. Dann drückte sie ihre beiden Töchter an sich und hielt sie lange fest.

»Lass mich auch endlich meine Mädels in die Arme schließen«, beschwerte sich Herr Sommer scherzhaft.

»Eure Karte ist gestern angekommen«, erzählte die Mutter.

»Das war die Erste. Es kommen noch vier«, lachte Anne.

»Wir sind süchtig geworden. Es ist wirklich toll dort. Nach Weihnachten fliegen wir wieder hin«, verkündete Emma.

»Und wir haben sehr nette Leute kennengelernt, Bob und Billy. Sie sind aus Deutschland ausgewandert, und sie leben und arbeiten auf Lanzarote«, ergänzte Anne.

»Und Anne arbeitet demnächst für Bob«, verriet Emma mit einem Augenzwinkern in Richtung Anne.

Die Eltern schauten skeptisch.

»Wie soll das gehen?«, fragte die Mutter besorgt.

»Bob ist Fotograf, und er plant einen Bildband. Ich helfe ihm beim Layout«, erklärte Anne.

»Das hört sich ja nach einer interessanten Begegnung an«, meinte ihr Vater.

»Ja, es ist wirklich ein besonderes Zusammentreffen gewesen«, entgegnete Anne.

»Die beiden sind urplötzlich in unser Leben geplatzt. Und wir haben das Gefühl, als würden wir sie schon lange kennen. Wenn wir in den nächsten Ferien wieder da sind, wohnen wir in einem Hotel in der Nähe von Bob und Billy«, erklärte Emma.

Als die Schwestern zu Hause auf dem Sofa saßen, wurden sie nicht müde, in allen Einzelheiten von ihren Erlebnissen und Eindrücken zu berichten.

Am nächsten Tag begann ihr Alltag mit allen Gewohnheiten. Doch der Urlaub wirkte noch nach, und sie vermissten die Ruhe und die Weite von Lanzarote mit der wärmenden Sonne und dem Wind. Alles war weit weg, und ihnen wurde bewusst, wie hektisch ihr Leben in der Stadt war.

Gleich am nächsten Tag nahm sich Anne Zeit, um einen ersten Blick auf Bobs Fotos zu werfen. Es waren ganz hervorragende Bilder, das sah sie sofort. Einige Orte erkannte sie wieder. Ihr fiel sofort auf, wie stimmungsvoll Bobs Motivauswahl war und welche raffinierten Aufnahmeperspektiven er einsetzte. Seine spezielle, ja fast schon künstlerische, fotografische Handschrift war auf fast jedem Bild sofort deutlich erkennbar. Noch besser konnte man Lanzarote eigentlich gar nicht fotografieren: Die weißen Gebäude, die grünen oder blauen Fensterrahmen und Türen, dazu der fast immer strahlend blaue Himmel, hier und da auch mal ein gekonntes Spiel mit Licht und Schatten. Grandios! So hatte auch sie die Insel empfunden. Staunend klickte sie sich durch seine Fotodateien und betrachtete die Bilder begeistert. Auf dem hochauflösenden Computerbildschirm entfalteten sie eine außergewöhnliche Wirkung. Bob hatte wirklich ausgezeichnete Arbeit geleistet. Das wird ein ganz besonderer Bildband, ging ihr durch den Kopf. Inspiriert von den vielen visuellen Eindrücken nahm sie sich sofort vor, bereits in Kürze mit ihrer Arbeit zu beginnen und die ersten Musterseiten des Buches zu entwerfen. Ideen hatte sie schon viele, und es drängte sie, diese umzusetzen. Auf keinen Fall durften die Seiten überfrachtet werden. Sie stellte sich vor, dass alles einer erkennbaren Grundordnung folgen und trotzdem abwechslungsreich sein sollte.

Am nächsten Abend waren Emma und Anne zu einer Geburtstagsfeier bei Linda, einer alten Schulfreundin, eingeladen.

Emma hatte schon angekündigt, dass sie nur kurz gratulieren wollte und sich anschließend mit Alexander treffen würde.

Anne verabschiedete sich von ihrer Schwester und ging ins Wohnzimmer. Auf dem Sofa saß ihr Studienkollege Michael.

Als er sie entdeckte, begrüßte er sie über den Raum hinweg.

Mit Michael hatte Anne während des Studiums viel zusammengearbeitet, und er war oft bei ihr zu Hause gewesen. Sie hatten mehrere Referate ausgearbeitet und sich gemeinsam auf die Prüfung vorbereitet. Aber nach dem Studium hatten sich ihre Wege irgendwie getrennt. Michael war ein guter Freund, aber es hatte nie zu mehr gereicht. Jetzt strahlte er sie vom Sofa aus an und gab ihr ein Zeichen, zu ihm rüber zu kommen.

Er sieht immer noch sehr gut aus, dachte Anne, während sie ihm zunickte. Sie holte sich ein Glas Wein und ging zum Sofa.

»Hi, Anne.«

Michael sprang zur Begrüßung auf und stellte sich hin, als hätte er einen Auftritt.

»Wie geht's dir?« sagte Anne und lächelte ihn an.

Sie ließen sich nebeneinander auf das Sofa fallen.

»Hast du Jana nicht mitgebracht?«, wollte Anne wissen.

»Jana? Nein, warum?«

»Seid ihr nicht mehr zusammen?«

»Nein, wir sind nie zusammen gewesen. Jana hat das bestimmt nur so erzählt. Sie hat immer gewollt, aber ich nicht. Aber sie hat das nicht akzeptieren wollen. Sie ist ganz nett, aber ein bisschen chaotisch.« Michael schmunzelte. Dann sah er Anne an. »Eigentlich hab ich mich immer nur für dich interessiert. Aber ich hab nie den richtigen Moment gefunden, dir das zu sagen.«

»Ach Michael, jetzt erzählst du Märchen.«

»Nein, überhaupt nicht. Ich meine das ernst. Ich wollte heute Abend eigentlich gar nicht kommen, da kannst du Linda fragen. Aber als ich erfahren habe, dass du auch eingeladen bist, hab ich mich riesig gefreut. Ich bin nur deinetwegen hier, ehrlich.«

Anne sah Michael schweigend an. Was passierte hier gerade? »Ok, du bist also nur wegen mir hier.«

»Ja, genau, und ich hab mir vorgenommen, die Chance nicht wieder verstreichen zu lassen.« Er atmete tief ein, stand auf, holte noch einmal Luft, verbeugte sich und sprach mit verstellter Stimme: »Liebe Anne, ich habe eine feste Anstellung bei der Stadtverwaltung. Ich bin jetzt eine gute Partie und kein armer Student mehr.«

Anne lachte ihn an. Er hatte sich nicht verändert. Das gefiel ihr. Dann zog sie ihn am Ärmel wieder runter aufs Sofa. »Typisch Michael, immer noch so ein verrückter Kerl.«

»Immer noch und immer noch gerne.« Michael wurde wieder ernst. »Erzähl, Anne, wie geht's dir, was machst du jetzt?«

Anne berichtete von ihrem aufregenden letzten Jahr, in dem sie mehrere Bewerbungen geschrieben und Vorstellungsgespräche absolviert hatte. Bei *Kreativ-Print* hatte es ihr gleich gut gefallen, und dort hatte man sie dann auch genommen. Nach der Probezeit hatte sie nun endlich ihren ersten unbefristeten Arbeitsvertrag erhalten. »Ich wäre auch in eine andere Stadt gegangen, wenn es dort mit einem Job geklappt hätte. Vielleicht ist es so besser. Wäre ich weggezogen, hätte wir uns bestimmt nicht so schnell wiedergesehen.« Sie lachte ihn an.

»Ja, es ist gut, dass wir beide in Dresden geblieben sind. Vielleicht ist das ja auch kein Zufall. Auf jeden Fall können wir uns jetzt wieder öfter treffen.«

Anne dachte an Bob und den Fotoband. Dann hatte sie eine Idee. Sie erzählte Michael von dem Urlaub auf Lanzarote und von Bob und Billy, von seinen Fotos und dem Projekt. »Ich habe Bob versprochen, ihm beim Layout zu helfen. Privat, nicht über *Kreativ-Print*. Hättest du vielleicht Lust, dir das auch mal anzusehen. Ich könnte mir vorstellen, dass du ein paar gute Ideen hast, die mir helfen?«

»Ich komme sofort mit«, scherzte Michael und tat, als wollte er aufstehen.

Anne kicherte. So kannte sie ihn, albern und herzlich, aber wenn es drauf ankam, war er verlässlich und konzentriert. »Heute nicht mehr, aber morgen, am frühen Abend. Hast du Zeit?«

»Das verstehe ich als Verabredung. Ja, ich habe Zeit.«

»Kannst du ruhig so verstehen. Bei mir zu Hause, 18 Uhr?«

Als sich Michael am nächsten Abend bei Anne im Appartement die Fotos von Lanzarote ansah, war er begeistert.

Anne wies ihn gleich auf einige besondere Bilder hin, die auf jeden Fall sehr groß abgebildet werden müssen. Ihr juckte es in den Fingern. Sie würde am liebsten gleich mit der Gestaltung beginnen. »Es bringt nichts, nur Musterseiten auszuprobieren. Wir beide sollten uns wegen der Anordnung genau absprechen und dann einfach beginnen.« Sie schaute Michael an.

Er lächelte. »Höre ich da ein Wir?«

Anne gab Michael einen Kuss.

»Ok. Fangen wir an«, flüsterte Michael verschwörerisch und tat so, als würde er sich die Ärmel hochkrempeln. Diesen Humor mochte Anne besonders.

An diesem Abend entstanden die ersten Doppelseiten von Bobs Bildband. Es waren nicht mehr als drei oder vier Bilder auf einer Seite. So konnten sie ihre Wirkung gut entfalten. Anne und Michael hatten sich auf eine Grundanordnung geeinigt, die sich regelmäßig wiederholen sollte. Einige Fotos wirkten am besten, wenn sie über zwei Seiten zu sehen waren und durch zwei kleine Bilder im Hochformat am Rand ergänzt wurden.

»Die beiden hier würde ich etwas überlappen«, meinte Michael und wies auf den Bildschirm. »Und das hier würde ich ohne Rand direkt mit der Seitenkante unten abschließen lassen.«

Die Zusammenarbeit klappte gut, denn sie waren sich in den meisten Punkten sofort einig. Sie wollten keine Fotos beschneiden oder schräg einsetzen. Mit dem Bearbeitungsprogramm machten sie manche Aufnahmen auf dezente Weise leuchtender. Die Bildunterschriften und Ortsangaben bündelten sie und platzierten sie jeweils auf der rechten Seite unten. Um die Datenmengen überschaubar zu halten, fassten sie jede Doppelseite zu einer Datei zusammen und speicherten alle gesondert ab. So blieb auch die Bildqualität erhalten.

Es war schon nach elf, als sie endlich beschlossen, für diesen Tag aufzuhören. Anne stand an den Türrahmen gelehnt und sah Michael schweigend dabei zu, wie er sich die Schuhe anzog und in die Jacke schlüpfte. Es war fast so wie früher im Studium. Sie hatten immer gut zusammengearbeitet, und es hatte Spaß gemacht. Warum haben wir uns nur aus den Augen verloren?, fragte sie sich. Dann lächelte sie ihn an. »Danke!«

»Hab ich gern gemacht.«

Zum Abschied nahmen sie sich in den Arm.

In den nächsten Wochen kamen sie gut voran. Mehrmals in der Woche saßen die beiden zusammen, wechselten sich am Laptop ab und schauten sich gegenseitig über die Schulter.

Anne mailte Bob drei Doppelseiten und schrieb ihm, dass es Muster seien. Sie verriet ihm nicht, dass die Gestaltung des Bildbandes schon konkrete Formen angenommen hatte, und die Unterstützung durch Michael behielt sie auch für sich.

Am Nikolaustag hatte Edith Sommer für alle ein Abendessen vorbereitet. Alexander, Emmas Freund, und Michael waren auch eingeladen. Ein anregender Duft zog durch alle Räume der Wohnung.

Anne und Michael gönnten sich eine Arbeitspause und ließen sich gerne von Edith Sommer verwöhnen.

Emma war neugierig, wie weit sie mit dem Bildband von Bob vorangekommen waren.

Annes Daumen-hoch-Geste und ihr strahlendes Gesicht sagten mehr als tausend Worte.

Die Gespräche am Tisch waren munter.

Edith Sommer wollte von Michael wissen, was er jetzt beruflich macht.

»Nach dem Studium habe ich beim Wirtschaftsförderungsamt der Stadt Dresden angefangen. Und es ist gar nicht so langweilig, wie man sich so ein Amt vorstellt. Im Gegenteil, ich habe interessante Aufgaben und viel Raum, meine Kreativität auszuleben«, erzählte er.

Georg Sommer bohrte weiter nach. »Und wie kann ich mir das vorstellen, im Amt die Kreativität auszuleben?«

»Ich arbeite im Moment in einem Team, wo es um Dresden als Wirtschaftsstandort geht. Wir entwickeln ein Stadtmarketingprojekt, in dem die Vorteile Dresdens dargestellt werden sollen. Das ist echt interessant und man lernt viele Leute kennen. Meine Aufgaben sind sehr vielfältig. Ich habe zum Beispiel die Homepage der Stadt mitgestaltet oder Werbeflyer entworfen. Bei uns laufen viele Fäden zusammen, ganz gleich, ob es sich um Besucher oder Investoren handelt.«

»Das hört sich tatsächlich interessant an. Zum Stadtmarketing gehört doch auch der ganze touristische Bereich, Stadtführungen, Theaterbesuche, Veranstaltungen und anderes mehr.«

»Ja klar, das macht ein anderes Team, mit dem ich auch zu tun habe. Zurzeit sind sie dabei, erst einmal zu sammeln, was alles schon angeboten wird. Aber das Ziel ist natürlich, die Angebote zu bündeln und aufeinander abzustimmen.«

Sie plauderten noch ein wenig über Dresdens Besonderheiten.

Es war wie früher während der Studienzeit, als Michael auch schon öfter mit am Tisch gesessen hat. Ihre Eltern hatten sich mit Michael immer gut verstanden.

Georg Sommer freute sich, dass sich durch die beiden jungen Männer in der Runde der Frauenüberschuss, den es so viele Jahre gegeben hatte, aufgelöst hat. Er betonte, dass er es zwar immer genossen hatte, der einzige Mann innerhalb der geballten Weiblichkeit gewesen zu sein und von allen verehrt zu werden. Aber jetzt könnten sich noch eine ganze Reihe weiterer Gesprächsanlässe in der Familie ergeben. Er denke dabei auch an Fußball.

Alexander ging sofort darauf ein. »Ja, das könnte ein wichtiges Thema in der Runde werden. Ich habe selbst viele Jahre gespielt. Aber mir gefallen auch andere Sportarten. Rudern zum Beispiel. Sobald der Winter vorbei ist, trainiere ich nachmittags wieder die Jugendlichen meiner Schule im Achter auf der Elbe.«

Herr Sommer war begeistert. »Ich glaube, da würde ich gerne mal zusehen.«

»Was machen Sie eigentlich beruflich, Herr Sommer?«, wollte Alexander wissen.

Georg Sommer erzählte von seiner Tätigkeit als Bauingenieur, von den zahlreichen Restaurierungen historischer Gebäude und von interessanten Neubauprojekten in der Stadt.

Alexander hatte Feuer gefangen und fragte gleich mehrmals nach, denn diese Informationen könnte er gut für seinen Unterricht nutzen. Er hatte vor, mit den Jugendlichen die Frauenkirche, das Schloss und die Semperoper zu besichtigen. »Die jungen Leute sollen nicht nur die fertigen Gebäude sehen und bestaunen, sondern auch die Hintergründe der Zerstörung und des Wiederaufbaus kennen«, meinte er.

Georg Sommer konnte sich gut vorstellen, Alexanders Klasse zu besuchen und den Schülern von seiner Arbeit zu berichten. Sein Ruhestand nahte, und nach den Weihnachtsferien hätte er sicher Zeit für andere Dinge.

Anne berichtete, wie weit sie mit Michaels Unterstützung bei Bobs Bildband gekommen waren. An den zurückliegenden Abenden hatten sie mitunter bis nach Mitternacht daran gearbeitet. Nun mussten sie nur noch die letzten Seiten und das Deckblatt machen. »Bob wird Augen machen. Er rechnet überhaupt nicht damit, dass wir ihm ein fertiges Produkt liefern. Ich habe ihm lediglich gesagt, dass ich mir alle Fotos anschaue und Möglichkeiten für eine Gestaltung ausprobieren werde. Drei Doppelseiten habe ich ihm als Muster zugemailt, die haben ihm schon mal ganz gut gefallen. Aber jetzt bin ich wirklich gespannt auf seine

Reaktion.« Sie war voller Vorfreude auf das Wiedersehen, und sie war stolz auf das, was Michael und sie gemeinsam geschafft hatten.

Michael hatte Alexander auch schon ein paar Fotos aus der Sammlung gezeigt. Dadurch hatten beide schon eine gute Vorstellung von Lanzarote. Die ausführlichen Reiseberichte ihrer Freundinnen machten die beiden Männer auch neugierig. Gerne wollten sie die Landschaft nun endlich selbst erleben und natürlich auch die befreundeten Insulaner kennenlernen.

Anne machte darauf aufmerksam, dass sie ja noch nicht gebucht hatten.

»Das müssen wir unbedingt morgen machen, sonst ist das Flugzeug voll.«

»Nehmt ihr uns mit nach Lanzarote?«, fragte Michael.

»Mal sehen«, lachte Anne schelmisch. »Meint ihr, ihr haltet es mit uns aus?«

»Ich glaube schon. Wo du hingehst, will auch ich sein«, zitierte Michael den Bibelspruch und nahm Annes Hand und drückte sie fest.

Anne zog die Augenbrauen hoch und schaute ihn schmunzelnd von der Seite an.

Dann mussten beide lachen.

»Okay, dann nehmen wir euch mit, und ihr könnt Bob und Billy kennenlernen.«

»Wunderbar. Dann fliegen wir zu viert«, resümierte Emma und sah Alexander strahlend an.

»Aber dann sollten wir wirklich morgen im Reisebüro buchen und klären, ob wir zwei Zimmer nebeneinander im Hotel bekommen.«

Emma wollte sich um alles kümmern.

Am nächsten Morgen las Anne in der Zeitung, dass schon zehntausende Menschen im Stasi-Unterlagen-Archiv Akteneinsicht genommen hatten. Bei manchen gab es nur wenige Informationen, andere mussten sich durch Berge von Akten arbeiten. Für viele war es ein Schock, schwarz auf weiß lesen zu können, von wem sie bespitzelt wurden und was da so alles penibel protokolliert worden war.

Anne hatte nun vor, nach Spuren der Vergangenheit zu suchen. Irgendetwas trieb sie an. Sie musste endlich Licht in ihre Geschichte bringen. An einem der nächsten Tage wollte sie ihre Mittagspause nutzen und erst einmal zum Jugendamt gehen. Sie rief dort an, um sich anzumelden und unnütze Wartezeiten zu verhindern.

Ein Mitarbeiter meldete sich mit dem Namen Martin Lorenz.

Anne erklärte ihm ihr Anliegen.

Er notierte sich ein paar Eckdaten und gab ihr einen Termin für den nächsten Tag.

Sie war pünktlich, fand gleich das richtige Büro und klopfte an.

Martin Lorenz begrüßte sie freundlich. »Wir haben die meisten Daten, die früher in Akten abgeheftet waren, inzwischen im Computer gespeichert. Nachdem sie mich angerufen haben, habe ich schon mal die Unterlagen rausgesucht, die sie betreffen. Viel ist es nicht. Ich habe hier nur die Eintragung zu Ihrer Adoption.« Er reichte ihr eine Kopie mit einem Dreizeiler über den Tisch. »Da steht, dass Sie 1975 von Edith und Georg Sommer adoptiert worden sind. Ihre biologischen Eltern heißen Birgit und Achim Dreyer. Aber einen Ort habe ich leider nicht.«

Enttäuscht überflog Anne die Zeilen.

»Dann bin ich wohl umsonst gekommen?«

»Nein, nein. So schnell sollen Sie die Hoffnung nicht aufgeben. Wir stehen ja gerade erst am Anfang. Wissen Sie, ob Sie Geschwister haben?«, fragte er.

Anne zog die Schultern hoch. Sie wusste nichts.

»Ich frage deshalb, weil ich bei meiner Suche festgestellt habe, dass bei einigen Adoptionen die Eintragungen offensichtlich unvollständig sind. Deshalb habe ich die gesamten Adoptionen von 1975 durchgesehen. Dabei habe ich einen interessanten Hinweis gefunden. Ein Junge namens Robert Dreyer und seine Schwester Anne sind am gleichen Tag im Jahr 1975 ins Kinderheim nach Dresden gekommen.«

Anne war hellhörig geworden und rutschte jetzt ungeduldig auf dem Stuhl hin und her. »Und Sie meinen, diese Anne könnte ich gewesen sein? Und ich hätte vielleicht einen Bruder, der Robert heißt?«

»Es deutet vieles darauf hin, ja. Es könnte so sein. Interessant ist eine Aktennotiz. Robert Dreyer, der dann später auch adoptiert worden ist, hat sich offensichtlich nach der Wende beim Jugendamt nach seiner leiblichen Familie erkundigt. Und zwar in Calau.«

»Warum in Calau?«

»Das ist sein Geburtsort gewesen, den er noch gekannt hat.«

»Und wo liegt das, Calau?«

»In der Lausitz, südlich des Spreewaldes. Die Angestellte dort war sehr aufmerksam und hat in weiser Voraussicht die Daten mit einer Notiz an uns weitergeleitet. Für den Fall, dass hier in Dresden jemand nach den beiden Kindern suchen sollte.«

Anne schwieg, sie verstand das alles nicht. Der Name Robert Dreyer sagte ihr gar nichts.

Martin Lorenz griff zum Telefonhörer und rief bei der Stadtverwaltung in Calau an. Er fragte sich durch und wurde mehrmals verbunden, bis er beim Einwohnermeldeamt war. Er erklärte, worum es ging und wartete eine Weile. Dann meldete sich am anderen Ende wieder jemand, und Herr Lorenz machte sich Notizen. Als er aufgelegt hatte, sah er Anne zufrieden an. »Also, Frau Sommer, es ist so: Die Eheleute Achim und Birgit Dreyer haben von 1961 bis 1975 in Calau gewohnt, haben zwei Kinder gehabt, Robert und Anne. Robert ist am 4. Januar 1968 geboren und Anne am 25. August 1972.

Anne wurde abwechselnd kalt und heiß. »Das ist mein Geburtstag. Der 25. August.«

Sie sahen sich eine Weile an, ohne zu sprechen.

Anne versuchte, sich zu sammeln. Sie konnte kaum begreifen, dass diese Namen Achim und Birgit Dreyer zu ihr gehören sollten, und sie hatte einen Bruder, Robert. »Wann sagten Sie, ist Robert Dreyer geboren?«

Herr Lorenz sah auf seine Notizen. »Am 4. Januar 1968.«

»Dann ist er etwas älter als ich.«

Annes Gedanken liefen auf Hochtouren. Sie schrieb die Daten auf, um sie nicht zu vergessen.

»Und Achim«, sie stockte, »und Birgit Dreyer, wo sind die beiden jetzt?«

»Laut Einwohnermeldeamt leben sie leider nicht mehr. Achim Dreyer ist 1979 gestorben und Birgit Dreyer 1985.«

»1979 und 1985 gestorben. Das ist ja lange nach der Adoption gewesen.« Anne war fassungslos. »Wir haben immer gedacht, dass ich ein Waisenkind gewesen bin, als ich zu meinen Adoptiveltern gekommen bin.«

Herr Lorenz erwiderte: »Dann haben Ihre leiblichen Eltern sicherlich ihr Einverständnis für die Adoption gegeben. Es hat allerdings auch Fälle gegeben, dass die Kinder den Eltern wegen angeblicher Staatsfeindlichkeit abgenommen worden sind, mal mit oder auch mal ohne ihr Einverständnis. Zur Begründung hat es dann geheißen, dass die Kinder in den Adoptionsfamilien sozialistisch erzogen werden sollten. Nicht immer hat man den Adoptiveltern diese Wahrheit gesagt.«

Anne war immer noch verwirrt. Sie war mit ihren Adoptiveltern glücklich, sie liebte sie, als wären es ihre leiblichen Eltern. Und an Achim und Birgit Dreyer konnte sie sich überhaupt nicht erinnern. »Ich weiß nichts von früher, gar nichts. Gibt es Fotos von meiner Familie in den Akten?«

»Nein, von Fotos weiß ich nichts. Aber irgendwo sind bestimmt welche. Es ist normal, dass Sie keine Erinnerungen haben, Frau Sommer. Sie sind noch nicht einmal drei Jahre alt gewesen, als Sie in die andere Familie gekommen sind. Die jungen Kinder haben meistens einen guten Kontakt zu ihren neuen Eltern aufbauen können. Manche ahnen nicht einmal, dass sie adoptiert worden sind. Bei älteren, wie Ihrem Bruder, ist es nicht ganz so einfach gewesen, soweit man das überhaupt weiß.« Herr Lorenz sah Anne an. »Ihr Bruder hat ja offensichtlich noch Erinnerungen, denn er hat nach Ihnen und Ihren Eltern in Calau gesucht. Nur durch seine Nachforschung haben wir jetzt auch die Verbindung herstellen können. Das ist unser Glück gewesen. Sonst hätte ich Ihnen nicht so viel erzählen können.«

»Und wo ist Robert Dreyer jetzt?«, fragte Anne aufgeregt.

»Er ist auch adoptiert worden und eine Anschrift ist aus Datenschutzgründen nicht vorhanden. Vielleicht lässt sich herausfinden, wo er wohnt. Aber wir wissen nicht, wie er jetzt heißt.«

Anne hatte sich nun wieder einigermaßen gefangen. »Aus meiner frühen Kindheit in der Familie Dreyer weiß ich gar nichts mehr. Mir ist auch lange Zeit nicht klar gewesen, welche Verhältnisse hier in der DDR geherrscht haben. Ich weiß nur aus Erzählungen, aus der Schule und nach der Wende aus den Fernsehberichten, wie man mit den Menschen umgegangen ist. Meine Adoptiveltern haben mit uns, also mit meiner Schwester Emma, die auch adoptiert worden ist, und mir, erst über politische Themen gesprochen, als wir erwachsen waren. Sie haben uns erklärt, es sei zu gefährlich gewesen, uns einzuweihen. Sie haben uns Kinder und auch sich selbst nicht in Schwierigkeiten bringen wollen. Aber wir beide haben schon ganz früh gewusst, dass wir adoptiert worden sind. Aber warum uns unsere leiblichen Eltern zur Adoption abgegeben haben, weiß ich nicht. Ich weiß auch nicht, warum mein Bruder und ich getrennt worden sind und wir nie Kontakt miteinander gehabt haben. Mit mir hat nie jemand darüber gesprochen. Ich höre das heute alles zum ersten Mal. Und ich möchte es natürlich verstehen.«

»Das kann ich mir gut vorstellen. Ich kann Ihnen auch nur das sagen, was ich weiß. Vielleicht haben Ihre leiblichen Eltern nicht mit dem System sympathisiert. In der DDR hat es ein Familiengesetzbuch gegeben. Danach haben Eltern die Pflicht gehabt, ihre Kinder zu *aktiven Erbauern des Sozialismus* zu erziehen. Die Kinder sollten *als sozialistische Persönlichkeiten die Arbeit achten, die Sowjetunion lieben und die Grenzen verteidigen,* so ähnlich hat das in den Vorschriften gestanden. Wenn dem SED-Regime die Lebensweise der Eltern nicht gepasst hat, dann konnte ihnen der Staat die Erziehungsfähigkeit absprechen und ihnen das Erziehungsrecht entziehen. Sie sind dann als *arbeitsscheue Staatsfeinde bezeichnet worden, als asozial oder renitent und staatsfeindlich.* Nach dem Strafgesetzbuch der DDR konnten sie sogar verurteilt werden. Damit hat man Bürgerrechtlern und Leuten, die anders gedacht haben, immer wieder Angst gemacht, und ihnen mit Kindesentzug gedroht. Ein heftiges Druckmittel, dass sehr oft funktioniert hat.«

»Das ist ja schrecklich.«

Martin Lorenz räusperte sich und sprach dann weiter. »Vielleicht sind Ihre leiblichen Eltern auch unter Druck gesetzt worden, um der Adoption zuzustimmen. Vielleicht ist ihnen auch gesagt worden, dass sie mehrere Jahre hinter Gitter kämen, und wenn sie wieder herauskommen, würden ihre Kinder sie sowieso nicht mehr kennen. So etwas hat es gegeben. Wie es bei Ihren Eltern gewesen ist, kann man jetzt nur vermuten. Es sei denn, sie finden in den Stasi-Unterlagen noch ausreichende Hinweise.«

»Meine Adoptiveltern haben erzählt, dass meine leiblichen Eltern gestorben seien. Das hat man ihnen jedenfalls so gesagt«, erklärte Anne.

»Wenn Sie nicht einmal gewusst haben, dass ihre leiblichen Eltern noch leben, haben Sie natürlich auch keine Chance gehabt, Kontakt zu ihnen aufzunehmen. Aber ich vermute, dass es sowieso nicht geklappt hätte. Ihre Eltern sind inhaftiert worden, da sind solche Sachen meistens unterbunden worden. Ein Besuch im Stasi-Unterlagen-

Archiv kann Ihnen vielleicht einige Erkenntnisse bringen. Sie müssen dann entweder nach Berlin fahren oder sich an die Außenstelle in Dresden wenden. Irgendwo wird es bestimmt auch eine Information über Ihren Bruder Robert geben. Wenn ich etwas höre, gebe ich Ihnen sofort Bescheid.«

Anne bedankte sich bei Herrn Lorenz und verabschiedete sich. Gedankenverloren ging sie den Weg zu Fuß zurück zu ihrer Arbeitsstelle, die nur wenige Minuten vom Zentrum entfernt war. In ihrem Kopf kreisten viele Fragen. Wie ist es meinen leiblichen Eltern nach unserer Adoption ergangen? Wie haben die beiden diese schwere Zeit ertragen? Wo sind sie begraben? Wo ist mein Bruder? Immer wieder kehrten die gleichen Fragen zurück.

Auch an ihrem Schreibtisch konnte Anne sich nicht wieder auf ihre Arbeit konzentrieren. Sie dachte die ganze Zeit über das Gehörte nach. Erst als ihr Magen knurrte, merkte sie, dass sie noch gar nichts gegessen hatte. In ihrer Handtasche fand sie einen Apfel. Am Automaten zog sie einen Milchkaffee, und in der Schreibtischschublade lag noch eine Packung Kekse, die sie nach und nach gedankenversunken wegfutterte. Sie nahm sich vor, weiter nach ihrem Bruder zu suchen, denn ihr Forscherdrang war geweckt worden. Sie wollte auch mehr über ihre leiblichen Eltern erfahren. Die Geister der Vergangenheit, die sie gerufen hatte, waren ihr irgendwie unheimlich und die Namen fremd. Aber die Neugier überwog, und die Verwirrung spornte sie zum Weitermachen an. Spannend war die Suche allemal.

Am Computer suchte sie im Stasi-Unterlagen-Archiv nach einem Formular und stellte online einen Antrag auf

Akteneinsicht. Sie wollte dafür einen Tag Urlaub nehmen und ihn ganz der Vergangenheit widmen.

Am Abend erzählte sie ihren Eltern, ihrer Schwester und Michael, der mit ihr wieder an dem Bildband weiterarbeiten wollte, was sie beim Jugendamt in Erfahrung gebracht hatte.

Edith und Georg Sommer waren bestürzt.

»Wir haben nichts davon gewusst. Uns hat man damals gesagt, dass deine Eltern nicht mehr leben würden«, sagte Edith Sommer.

»Weißt du noch mehr über deinen Bruder?«, fragte Emma.

»Nein, nur, dass es ihn irgendwo geben muss«, entgegnete Anne und zog die Schultern hoch.

»Die Spuren der Staatswillkür zeigen sich immer noch. Das SED-Regime ist menschenverachtend gewesen. In dieser Diktatur ist die Macht von so vielen missbraucht worden«, sagte Georg Sommer, der nun seinem Ärger Luft machte. Sein Kopfhaar war weitgehend ausgefallen und nur noch als Kranz vorhanden. Doch sein Gesicht war jung geblieben, nur auf seiner Stirn zeigten sich jetzt tiefe Falten. »Gott sei Dank ist das alles vorbei. Wisst ihr, wir waren damals überglücklich, dass wir dich und deine Schwester bekommen haben. Über eure Eltern haben wir uns nicht den Kopf zerbrochen. Aber wenn ich das jetzt alles höre….« Er fand nicht mehr die richtigen Worte und rieb sich nervös das Gesicht. Dann sah er seine Frau mit ernstem Gesicht an, nahm ihre Hände und sagte: »Edith, wir hätten uns damals nicht damit zufrieden geben sollen, sondern fragen müssen, was mit Annes Eltern passiert ist.«

»Ja, sicher, Georg. Aber nachher ist es immer leicht, zu beklagen, was man versäumt hat. Wir haben so sehr für unser Glück kämpfen müssen und uns einfach nur über unsere beiden Mädchen gefreut. Die Zeiten sind andere gewesen als heute. Es ist für uns damals gefährlich gewesen, nachzufragen. Das weißt du auch.«

Georg Sommer nickte nachdenklich.

Anne ging zu ihrer Mutter und nahm sie in den Arm.

»Es ist in Ordnung, Mama. Ich bin froh darüber, dass ihr beide meine Eltern seid, und daran wird sich niemals etwas ändern, egal was noch ans Tageslicht kommt. Ich mache euch keine Vorwürfe. Aber ich möchte wissen, was damals passiert ist, und vielleicht finde ich irgendwann meinen Bruder, irgendwo muss er ja sein.« Sie strich ihrer Mutter sanft über den Arm und nickte ihrem Vater zu. »Ich habe einen Antrag auf Einsicht in die Akten meiner leiblichen Eltern gestellt. Hoffentlich muss ich nicht allzu lange auf einen Termin warten.«

»Ja, Anne. Ich kann dich verstehen, und du wirst bestimmt einiges herausbekommen. Auch für uns ist es wichtig, die Wahrheit zu erfahren. Wir tragen alles mit, ganz gleich, was es ist«, meinte Georg Sommer.

Emma und Michael waren die ganze Zeit sehr still gewesen. Sie wussten nicht, was sie sagen sollten.

Aber Emma hatte auch schon von dieser Behörde gehört.

»Soviel ich weiß, sind die Akten von überall her zusammengetragen worden, einige hat man sogar aus dem Müll gerettet und wiederhergestellt, und sie bergen lauter Überraschungen. Aber ich habe auch gelesen, dass die Unterlagen schon weitgehend archiviert worden sind, und das, was mit deinem Namen zusammenhängt, wird für dich herausgesucht. Wenn deine leiblichen Eltern nicht mehr leben, dann darfst du auch ihre Unterlagen lesen.« Sie machte ihrer Schwester Mut, denn sie hatte von einer Kollegin schon gehört, wie so eine Einsicht in Stasi-Unterlagen abläuft.

Jetzt sah Anne Michael an. »Okay, diese Dinge werden gemacht, aber erst im nächsten Jahr. Jetzt ist etwas anderes viel wichtiger. Wir wollen doch das Buch für Bob fertig bekommen. Denn es dauert nicht mehr lange, bis wir nach Lanzarote fliegen.« Sie wollte unbedingt mit einem fertigen Layout auf die Insel zurückkehren, obwohl es so gar nicht abgesprochen war.

Lanzarote, 2003: Gute Freunde unterwegs

Anne, Emma, Michael und Alexander kamen früh morgens am Flughafen in Dresden an. Es war kalt und frostig, und die vier freuten sich auf warme und sonnige Tage. Die Start- und Landebahnen waren schon vom Schnee befreit. Doch einige Flugzeuge mussten noch enteist werden. Mit einer Stunde Verspätung flog die Condor schließlich ab.

Gleich nach der Landung wurden die vier mit einem Bus ins Hotel *Los Fariones* gebracht, ganz in der Nähe von Bob und Billys Haus der Hoffnung.

Für den Nachmittag hatten sie sich im Foyer des Hotels mit Bob und Billy verabredet. Sie begrüßten sich wie alte Freunde. Alles fühlte sich sehr schnell vertraut an.

Michael und Alexander lernten endlich Bob und Billy kennen, von denen sie in den letzten Wochen schon so viel gehört hatten.

»Lasst uns auf die Terrasse gehen und Kaffee bestellen«, meinte Emma, und sie wählte einen Tisch mit sechs Stühlen unter dem Sonnendach.

Sie plauderten über Weihnachten in Deutschland und über das besondere Gefühl, mitten im Winter in wenigen Stunden an einen sonnigen und warmen Ort zu kommen.

Dann holte Anne die Schachtel mit der Festplatte aus ihrer Tasche. Sie machte ein feierliches Gesicht, hielt sie eine Weile in der Hand und überreichte sie Bob. »Hokuspokus Fidibus. Es ist fertig!«

»Was meinst du mit fertig?« fragte Bob ungläubig.

»Na, fertig, eben. Michael und ich haben es zusammen gemacht.« Sie strahlte Bob an. »Hoffentlich gefällt es dir.«

Einen Moment lang sagte niemand etwas.

»Aber es ist auch kein Problem, noch was zu ändern«, ergänzte Anne. Sie war äußerst angespannt. Seit Wochen hatte sie sich selbst unter Druck gesetzt, wollte Bob überraschen und ihm unbedingt das fertige Produkt geben. Jetzt erst, als sie Bobs überraschtes Gesicht sah, merkte sie, dass sie eigenmächtig gehandelt hatte. Sie hätte die Schritte mit ihm absprechen sollen. Plötzlich wurde sie von Zweifeln erfasst. Hoffentlich gefällt ihm unsere Arbeit überhaupt, dachte sie.

»Puh, Anne, das ist ja eine echte Überraschung. Das muss ja eine irre Arbeit gewesen sein.« Bob freute sich, aber gleichzeitig war er auch irritiert, denn er hätte bei der Gestaltung der Seiten gerne mitbestimmt.

»Schau dir alles erst einmal in Ruhe an«, erwiderte Anne.

»Am liebsten würde ich das sofort tun«, sagte er und wandte sich fragend an Anne und Michael. »Kommt doch einfach mit. Bis zum Essen sind es noch mehr als zwei Stunden.«

Anne und Michael klärten das mit einem kurzen Blick und nickten. »Ja, ok. Machen wir.«

»Wir gehen in der Zeit an den Strand, und zum Essen können wir uns ja dann wieder treffen«, schlug Emma vor.

Billy hatte noch eine Idee für den nächsten Tag. »Was haltet ihr davon, wenn wir morgen gemeinsam etwas unternehmen. Eine Wanderung zu den *Papagayo*-Stränden wäre bestimmt schön. Wir könnten gleich nach dem Frühstück zu euch rüber kommen.«

Alle waren einverstanden. Sie verabredeten sich für neun Uhr am nächsten Tag. Billy wollte sich um die Verpflegung kümmern und die anderen erklärten sich bereit, für alle Wasser im Supermarkt zu kaufen.

Kurze Zeit später saßen Anne, Michael, Billy und Bob gemeinsam in der *Casa Esperanza* vor dem Bildschirm und sahen sich Seite für Seite das Layout an.

Anne erklärte die Anordnung der Bilder und Bildunterschriften. Sie schwebte wie auf einer Wolke.

Billy war bald in der Küche verschwunden, denn sie wollte noch etwas für morgen vorbereiten.

Michael beobachtete, wie Anne und Bob die Köpfe zusammensteckten und sich im Gespräch lachend die Bälle hin und her warfen. Und was mache ich hier? Warum ist meine Meinung auf einmal nicht mehr gefragt? Was ist mit den beiden, fragte er sich. Ihm war schon zu Hause während der Gestaltungsarbeit aufgefallen, dass Anne immerzu von Bob geschwärmt hatte. Als Bob ihn plötzlich ansprach, versuchte Michael ein freundliches Gesicht zu machen. Die beiden sollten nicht merken, dass er innerlich kochte.

Bei Bob wuchs die Begeisterung von Seite zu Seite. Seine Skepsis war verflogen. Das Ergebnis war viel besser, als er vermutet hatte, und er freute sich nun, dass alles fertig war. Als sie alle Seiten durchgesehen hatten, lehnte er sich zurück, sah abwechselnd zu Anne und Michael und sagte dann sichtlich beeindruckt: »Anne und Michael, ich muss vor euch niederknien. Tolle Arbeit, die ihr da gemacht habt. Und das in so kurzer Zeit. Ich muss gestehen, dass ich zuerst etwas überrumpelt war. Ich hatte mit ein paar Musterseiten gerechnet, aber nicht mehr. Ich dachte, wir sprechen darüber und überlegen, wie die anderen Seiten weitergehen können. Aber euer Layout ist großartig geworden. Wirklich. Auch der Einband ist außergewöhnlich gut. Gefällt mir sehr. Der senkrechte Schriftzug *Lanzarote* ist genial. Darauf wäre ich selbst nicht gekommen.«

Anne freute sich über das Lob und darüber, dass sich die Mühe gelohnt hatte.

»Wie kann ich euch beiden das alles wieder gut machen?«, fragte Bob und schaute Michael an. Dieser winkte ab.

Anne wurde jetzt erst bewusst, dass ihr Freund die ganze Zeit dagesessen und geschwiegen hatte. Während des Studiums hatte sie einige Male Ähnliches erlebt. Wenn ihm irgendetwas nicht gefiel, klinkte er sich innerlich einfach aus. Doch was war jetzt in ihn gefahren? Er sah missmutig drein und sagte nichts mehr. Später wollte sie mit ihm darüber reden, aber allein.

»Es wird Zeit«, meinte Anne. »Das Essen wartet auf uns. Wir sehen uns morgen.«

Der Weg zum Hotel dauerte nicht lange.

Anne fragte Michael direkt, was mit ihm los sei. Aber er wollte nicht reden, nicht jetzt.

»Ich möchte aber mit dir sprechen. Sag mir doch, was dich so schweigsam macht.«

In dem Augenblick, als sie das Foyer des Hotels betraten, öffneten sich die Türen zum Restaurant. Emma und Alexander kamen lachend auf sie zu.

»Ich habe Hunger wie ein Bär«, meinte Emma. »Wir haben im Meer gebadet, wunderbar. Das Wasser ist sehr angenehm gewesen. Und wie ist es bei euch gelaufen? Wie hat Bob eure Arbeit gefallen?«

Erwartungsvoll schaute sie Anne und Michael an.

»Das Layout hat ihm sehr gut gefallen, und er hat keine Änderungswünsche. Ich bin echt froh«, antwortete Anne schnell und atmete kräftig aus. Doch der Appetit war ihr vergangen. Sie versuchte, sich nichts anmerken zu lassen, lächelte und bediente sich genau wie die anderen am Buffet. Erst als sie mit Michael allein im Hotelzimmer war, hakte sie weiter nach.

Michael hatte sich inzwischen etwas gefangen und konnte erklären, was mit ihm los war. »Heute Nachmittag beim Sichten der Seiten bin ich mir überflüssig vorgekommen. Du hast alles mit Bob alleine besprochen, dabei habe ich doch genauso an dem Projekt gearbeitet.«

»Du hast recht, entschuldige bitte. Als wir am Bildschirm gesessen haben, habe ich mich auf einmal gefragt, ob es richtig gewesen ist, den ganzen Bildband schon fertig zu machen, ohne es mit ihm abzusprechen. Das ist mir da bewusst geworden. Ich habe ihn eigentlich damit überfahren. Dann habe ich mich völlig verkrampft. Doch als ich gemerkt habe, wie begeistert Bob von unserer Arbeit ist, wurde ich euphorisch und habe gar nichts mehr um mich herum wahrgenommen. Es tut mir leid, dass du dich ausgeschlossen gefühlt hast. Aber du darfst nicht denken, dass deine Meinung nicht wichtig ist. Wir haben beide zusammen das Buch gestaltet. Du hast genauso viel Zeit investiert wie ich. Es tut mir leid, wirklich.«

Michael erwiderte nichts und machte ein ernstes Gesicht.

Anne sprach weiter. »Emma und ich haben bei meinen Eltern immer im Mittelpunkt gestanden. Alles hat sich um uns gedreht. Ich muss lernen, mich zurückzunehmen, Zweisamkeit üben, verstehst du? Ich will dich wahrnehmen und dir genug Raum für dein Wohlbefinden geben. Hilfst du mir dabei?« Sie stellte sich jetzt ganz dicht vor ihren Freund. »Bitte, Michael, glaub mir, du bist mir sehr wichtig. Ich liebe dich von ganzem Herzen, auch wenn es für dich heute Nachmittag anders ausgesehen hat.«

Michael suchte nach den passenden Worten. »Du bist für mich auch das Wichtigste. Und ich stelle nicht unsere Beziehung in Frage. Aber es fühlt sich einfach seltsam an, wie vertraut du mit Bob bist. Dafür, dass er eigentlich nur eine Urlaubsbekanntschaft ist, seid ihr ganz schön eng.«

»Ja, irgendwie hast du recht. Es gibt da so eine Klarheit und Vertrautheit zwischen Bob und mir, aber das fühlt sich ganz anders an als zwischen uns. Bob ist viel mehr als nur ein Bekannter, er ist ein Freund, vom ersten Tag an. Ich kann dir das nicht besser erklären. Aber es hat nichts mit uns zu tun, glaub mir. Er ist sehr glücklich mit Billy, die ich auch sehr schätze.«

Am nächsten Morgen trafen Billy und Bob im Foyer des Hotels ein, als die vier schon startbereit mit festem Schuhwerk, Rucksäcken, Badezeug, Handtüchern, Jacken, Mützen und sechs großen Wasserflaschen in den Polstern saßen.

»Guten Morgen, alle miteinander«, sagte Bob, seine weißen Zähne blitzten. Er setzte sich zu ihnen und verkündete strahlend: » Heute früh habe ich einen Termin für den Druck gemacht. Am Montag fliege ich nach *Gran Canaria* und gebe dort alles in Auftrag.«

»Das hört sich gut an«, sagte Emma überrascht, »haben die beiden so gut gearbeitet, dass du nichts mehr ändern musst?«

»Sieht so aus. Sie verstehen ihr Handwerk eben«, meinte Bob und dabei sah er zu Anne und Michael, die ihm zulächelten.

Billy zeigte auf die beiden Taschen, die Bob auf den Boden gestellt hatte. »Ich habe für uns alle etwas Gutes eingepackt«, sagte sie. »Wir sollten es gleichmäßig aufteilen, auch die Wasserflaschen.«

Als die Rucksäcke voll waren, übernahm Bob wie immer die Leitung. »Abmarsch, los geht's.«

Ihr Weg führte am alten Hafen von *Puerto del Carmen* und an dem neuen Hafen in *Puerto Calero* vorbei bis zum Fischerort *Playa Quemada*. Auf der rechten Seite befand sich das *Rubicon-Massiv*, das zum ältesten Teil der Insel gehört. Auf der linken Seite sahen sie die Inseln *Fuerteventura* und *El Lobos*, die ihnen wie zum Greifen nah erschienen.

»Heute ist die Sicht besser als in den letzten Tagen. Manchmal kann man die Inseln gar nicht sehen«, erklärte Bob. »Hier in der Gegend halten sich gerne Wüstenraben auf. Sie fliegen dann rüber nach *Fuerteventura* und suchen nach Eiern von Kragentrappen und Rennvögeln. Sie fressen aber nicht nur die Eier, sondern auch die jungen Küken.«

»Kragentrappen. Ein komischer Name.«

»Stimmt, aber sie sind typisch für *Fuerteventura* und gehören leider zu den bedrohten Arten. Es gibt auch noch andere Trappen. Das sind Vögel, die überwiegend in Afrika vorkommen. Sie leben in Wüsten- oder Steppengebieten.«

Sie liefen weiter immer in der Nähe der Küste.

An einer kleinen Bucht mit einem kleinen einsamen Sandstrand hielten sie an.

»Wir sind zwar noch nicht ganz an den Papagayo-Stränden angekommen. Aber dieser Fleck hier ist ideal für ein Picknick«, erklärte Bob.

Billy breitete eine große Decke aus.

Die Sonne schien am fast wolkenlosen Himmel, und das Wasser war angenehm, so dass sich alle erst einmal im Meer abkühlen konnten.

Danach waren sie hungrig, und auf Billys Decke gab es jetzt ein Festmahl mit Brot, Schinken, Käse und Obst und für jeden sogar noch einen Becher Wein.

»Ah, das sieht lecker aus, was ist das?«, fragte Michael, als Billy zwei Gläser öffnete und eine rote und eine grüne Creme zum Vorschein kamen.

»Das sind *Mocho Verde* und *Mocho Rocho*. Zwei Soßen, die für die Kanaren typisch sind. Ich habe sie selbst gemacht. Die grüne ist *Mocho Verde*. Sie besteht aus einer grünen Paprikaschote, Petersilie, Koriander und Knoblauch und schmeckt würzig. Die rote, *Mocho Rocho,* ist scharf, mit Chili und rotem Paprika«, erklärte Billy.

»Wenn ich überlege, dass wir Ende Dezember haben und es zu Hause schneit, kann ich das gar nicht fassen. Wir liegen hier im Sand, die Sonne wärmt uns und wir können im Meer baden und die Köstlichkeiten der Insel genießen«, schwärmte er.

»Kneif mich mal«, scherzte Alexander. »Ich sage mir das schon den ganzen Tag: Lanzarote ist nicht nur ein Urlaubsziel, sondern die Insel der Glückseligen.«

Anne war schon seit dem Morgen etwas stiller und nachdenklicher als sonst. Sie grübelte über das, was Michael ihr am Abend gesagt hatte. Sie hatten sich ausgesprochen und wieder versöhnt. Aber was war das mit Bob? Warum war sie so forsch und hatte Michael derart an die Seite gedrängt? Das hatte sie nicht gewollt. Warum war ihr Bobs Bildband so wichtig? Warum hatte sie sich so stark dafür gemacht, dass jetzt alles fertig ist, obwohl er das eigentlich gar nicht gewollt hat?

Michael hatte sich zu Bob gesetzt, und Anne freute sich, dass sich die beiden so angeregt unterhielten. »Durch die Arbeit an deinem Buch, kenne ich ja schon sehr viele deiner Aufnahmen und Motive«, sagte Michael. »Aber die Insel jetzt zu Fuß zu erkunden und sie mit allen Sinnen zu erfassen, fasziniert mich noch mehr. Das besondere Licht, die außergewöhnliche Landschaft, die Kontraste, einfach toll.«

»Ja, mir ist es ähnlich ergangen, als ich nach Lanzarote gekommen bin und alles zum ersten Mal gesehen habe«, bestätigte Bob. »Und ich versuche, mir diesen unverfälschten Blick zu erhalten, obwohl ich schon so viele Jahre hier lebe.«

»Auf unserer Wanderung ist mir eine gute Idee für deine Fotografien gekommen«, warf Michael ein. »Willst du sie hören?«

»Ja klar, sofort«, meinte Bob lachend.

»Nicht sofort. Ich würde dir lieber in Ruhe davon erzählen und dazu auch etwas am Computer zeigen, vielleicht morgen«, erwiderte Michael.

»Macht das ruhig«, schaltete sich jetzt Alexander in das Gespräch ein. »Emma und ich würden morgen sowieso mal ganz gerne zu zweit los. Wir wollen uns für ein paar Tage ein Auto mieten und einige Erkundungstouren machen. Das ist doch in Ordnung für euch, oder?«

»Na klar«, meinte Michael und auch die anderen stimmten zu.

Am nächsten Tag fuhren Emma und Alexander quer über die Insel zur Westküste. Sie kamen durch den Ort *La Santa*, die Heilige.

Gleich dahinter, direkt am Meer, lag das Sportzentrum mit gleichem Namen, das *La Santa Sport*.

Dort stellen sie ihr Auto ab.

Die Anlage war rundherum von Security-Leuten bewacht, damit keine Fremden das Gelände betreten konnten. Doch Bob hatte für Emma und Alexander telefonisch einen Besichtigungstermin vereinbart.

Ein Mitarbeiter, der auch deutsch sprach, begrüßte die beiden und führte sie herum. Sie erkundeten den großen Sportplatz mit der Tribüne, die einzelnen Hallen mit ihren Angeboten und das Außengelände für den Wassersport. Der Mitarbeiter war sichtlich stolz, und er erzählte Emma und Alexander eine ganze Menge über das Gelände. »Diese Anlage ist eines der größten Ferienparadiese für Aktivurlauber. Für die einzelnen Sportarten stehen Trainer zur Verfügung, und es gibt auch Wettkämpfe. Wer hierher kommt, muss kein Profi sein. Auch Familien sind willkommen. Für Kinder haben wir besondere Angebote. Die Sportgeräte, die man hier leihen kann, sind alle top, ganz gleich ob Tennisschläger, Surfbrett oder Fahrrad. Nach dem Sport kann man sich entspannen, in der Sauna, in heißen Bädern oder bei einer Massage«, erklärte der Mann. »Das Klima ist das ganze Jahr über angenehm warm, und die frische Atlantikbrise bietet optimale Temperaturen für die Aktivitäten. Jetzt zeige ich euch auch noch ein Muster-Appartement.«

Als sie die unbewohnte Wohnung betraten, sagte Alexander zu Emma: »Das wär doch was, oder? Was meinst du, Emma? Vielleicht sollten wir uns in den Osterferien hier einquartieren?«

Er traf bei Emma auf offene Ohren, sie war genauso begeistert wie er.

Sie versprach, sich gleich Anfang Januar um die Buchung im Reisebüro zu kümmern. »Mal abwarten, was Anne und Michael vorhaben. Wir werden auf jeden Fall hierher kommen.«

Nun setzten sie sich im Innenhof auf die großzügige Terrasse, bestellten kalte Getränke und einen Imbiss und genossen den wunderbaren Ausblick.

Zur gleichen Zeit hatten es sich Billy und Anne auf der Terrasse der *Casa Esperanza* gemütlich gemacht.

Michael und Bob saßen am Bildschirm.

»Erzähl mir doch mal von deiner Idee, Michael«, drängelte Bob.

»Also gut. Ich habe in Dresden etwas gesehen, was für deine Fotos interessant sein könnte. Es gibt ein Programm, mit dem man Fotos so bearbeiten kann, dass sie wie Aquarellbilder aussehen. Wenn du das auf Leinwand drucken lässt, sieht das super aus«, erklärte Michael. »Du könntest die Bilder hier auf der Insel in den Läden zum Verkauf anbieten.«

»Das klingt interessant. Weißt du, wie man das macht?«

Michael demonstrierte ihm anhand von Fotos, wie man so etwas macht.

Bob war begeistert und suchte gleich ein paar Aufnahmen raus, die sich für diese Bearbeitung eignen könnten.

Als Michael merkte, dass Bob von seiner Idee angetan war, sprudelte es nur so aus ihm heraus. Er steckte voller Ideen. »Im Format von 15x15 könnte ich mir das gut vorstellen«, dachte Michael laut nach.

Bob holte einen Zollstock und deutete das Quadrat an.

Michael nickte und sprach weiter. »Ja, das wäre eine gute Größe. Ich könnte mir vorstellen, dass das als Mitbringsel gerne gekauft wird. Einige wenige Bilder könnten auch etwas größer sein. Aber die kleineren sind wahrscheinlich praktischer fürs Fluggepäck.«

»Eine Freundin von Billy, auch eine Deutsche, hat einen kleinen Laden. Ich werde sie mal fragen, ob sie solche Bilder verkaufen würde.«

»Na, das passt doch.«

Bob und Michael strahlten. Wieder ein neues Projekt.

»Sehen wir uns morgen?«, fragte Anne.

»Wenn ihr Lust habt, können wir morgen durch die große Höhle, die *Cueva de los Verdes*, gehen. Das ist eine Höhle, die nach einem Vulkanausbruch entstanden ist. Da drin ist es zwar dunkel, aber der Anblick ist faszinierend. Vielleicht wollen Emma und Alexander auch mit. Sie haben ein Auto. Ihr könnt sie ja mal fragen.«

Am späten Nachmittag waren auch Emma und Alexander zurück von ihrem Ausflug. Beim Abendessen erzählten sie von ihren Plänen, beim nächsten Mal ins *La Santa Sport* zu gehen.

»Ins *La Santa*? Wirklich? Da müssen wir ja quer über die Insel fahren, wenn wir uns mit Bob und Billy treffen wollen.« Anne war irritiert. An den nächsten Urlaub hatte sie noch gar nicht gedacht. Sie schaute Michael fragend an.

»Was sagst du? Willst du beim nächsten Mal auch ins *La Santa Sport*?«

»Eigentlich nicht. Ich würde lieber wieder hier im Hotel wohnen.« Nach einer kurzen Pause fügte er noch leise hinzu: »Falls du mich wieder mitnehmen möchtest?«

Anne lachte. So gefiel ihr Michael, humorvoll und witzig.

»Wir haben ja mit den beiden nicht so viel zu besprechen wie ihr«, meinte Emma jetzt etwas schnippisch. »Und außerdem sind die Entfernungen hier überhaupt nicht groß. Es ist kein Problem, sich zu treffen.«

»Ja, ist schon in Ordnung, wenn ihr lieber dorthin wollt. «

Am nächsten Tag stand die Höhlenbesichtigung auf dem Plan. Mit beiden Autos fuhren sie zur *Cueva de los Verdes*. José, einer der Guides, führte sie durch die Höhle. Durch den Ausbruch des *Monte Corona* vor fünftausend Jahren waren diese Gewölbe entstanden. Die Höhle misst fünf Kilometer, doch für Besucher waren nur wenige hundert Meter zugänglich gemacht und entsprechend abgesichert worden. An manchen Stellen verengte sich das Gewölbe zu einem schmalen und niedrigen Gang, sodass sie nur in gebückter Haltung vorwärtskamen. Dann plötzlich öffnete sich der Raum wieder und sie erreichten eine geräumige Höhle. Hier standen viele Stühle wie in einem Konzertsaal, und zu ihrer Überraschung auch ein Klavier.

»Die Akustik ist hier besonders gut, deshalb gibt es oft Konzerte. Die sind sehr beliebt«, erzählte José.

Als sie wieder aus dem Untergrund hinaufstiegen und ins Freie traten, mussten sie sofort ihre Sonnenbrillen aufsetzen, um nicht geblendet zu werden.

Weiter ging es mit den Autos an die *Costa Teguise*.

Im Restaurant *Vesubio* direkt an der Promenade machten sie eine Pause. Anne und Emma zeigten ihren Freunden das Hotel, wo sie Bob und Billy kennengelernt hatten.

Bei der Gelegenheit erzählte Emma noch einmal, dass sie mit Alexander im *La Santa Sport* gewesen war und dass sie in den Osterferien dort Urlaub machen wollen.

Bob bestärkte die beiden in ihrer Entscheidung. »Wenn ihr viel Sport machen möchtet, dann ist dort der richtige Platz. Gelegentlich begegnet man in der Anlage auch Profisportlern.«

»Wir finden die Angebote ganz gut«, meinte Alexander. »Und ich kann mir vorstellen, dass wir dann bestimmt auch mit dem Rennrad Touren machen.«

»Ich muss zu Hause erst trainieren«, lachte Emma.

»Lasst uns weiterfahren, wir haben noch ein paar Sehenswürdigkeiten auf dem Programm«, schlug Bob vor.

Dann ging es weiter Richtung Süden. Im Fischerort *El Golfo* hielt Bob an.

Sie ließen die Autos stehen und liefen zum *Grünen See*. Die grüne Farbe hatten die Algen verursacht. Ein seltenes Naturschauspiel.

Als sie weiterfuhren, kamen sie an erstarrter Lava vom Vulkan *Timanfaya* vorbei. Es sah so aus, als sei ein riesiger schwarzer Brei aus den Kratern in mehreren Strömen zum Meer geflossen und dann plötzlich versteinert worden.

Den nächsten Halt machten sie in *Los Hervideros*. Hier konnten sie sehen, wie die Lava ins Meer geflossen und sofort erkaltet war. An manchen Stellen waren große Löcher in den schwarzen Felsen über dem Wasser geformt worden.

»In den Lavasteinen«, erklärte Bob, »ist oft Olivin versteckt. Würde man einen Lavastein mit einem Hammer zerschlagen, käme der grüne Stein zum Vorschein. Wenn der Halbedelstein geschliffen wird, kann man aus ihm wunderschöne Schmuckstücke fertigen.«

Nun ging die Fahrt nach *Playa Blanca*. Als sie das Auto abgestellt hatten und die Promenade entlang gingen, sahen sie zwei große, weiße Schiffe, die einen regelmäßigen Fährverkehr zwischen *Fuerteventura* und *Lanzarote* betrieben.

Bob erzählte, dass er hier schon öfter Delfine gesehen habe und dass hier auch Grindwale leben.

»Bob, die Aufnahme, die du mir gestern gezeigt hast, hast du doch ungefähr von hier aus gemacht, oder?«, meinte Michael, der ein typisches Gebäude wiedererkannte.

»Ja, von da hinten aus.«

Bob zeigte auf eine kleine Anhöhe.

»Als Aquarell kann ich mir das sehr gut vorstellen.«

Anne hakte sich bei ihrer Schwester ein, fragte sie nach der Ferienanlage La Santa Sport und was ihr da so gut gefallen habe.

Billy unterhielt sich währenddessen angeregt mit Alexander. Sie erfuhr so einiges von seiner Schule und den Fächern, die er unterrichtete. Dann erzählte er Billy von seinen sportlichen Aktivitäten.

Billy fielen ein paar lustige Begebenheiten von der Insel ein. Beide mussten lachen, als sie davon erzählte.

Es wurde Zeit für einen schattigen Platz und kühle Getränke.

In einem der kleinen Lokale an der Promenade schoben sie zwei Tische aneinander und ließen sich nieder.

»Habt ihr Lust, morgen im Norden der Insel am *Risco de Famara* eine Strecke zu Fuß zu erkunden?«, fragte Bob, bevor sie wieder in die Autos stiegen und sich verabschiedeten.

Dieser Vorschlag gefiel allen.

»Dort oben wird es aber sehr windig sein«, ergänzte Bob.

»Diesmal kaufen wir die Lebensmittel ein, und ihr seid zum Picknick eingeladen«, sagte Anne zu Billy.

Anne, Emma, Michael und Alexander luden Billy und Bob zum Silvester-Festessen ins Hotel ein. Sie hatten die beiden an der Rezeption als ihre Gäste angemeldet, und die Kosten wurden auf Annes und Michaels Zimmer gebucht.

Nun saßen alle sechs beim Essen an einem großen Tisch zusammen.

Die Kellner brachten Wasser, Wein, Sekt und Bier. Nach und nach servierten sie die einzelnen Gänge.

Die Freunde hatten sich während des Essens viel zu erzählen. Auch die Wanderung über das *Famara-Massiv,* die sie am Tag zuvor gemeinsam gemacht hatten, war noch ein Thema. Dort oben war es windig gewesen, so wie es Bob angekündigt hatte. Aber die Aussicht, die sich ihnen dort geboten hatte, war alle Anstrengungen wert gewesen.

Der Silvesterabend flog nur so dahin. Schon bald war es kurz vor Mitternacht.

Die Kellner verteilten das Tischfeuerwerk und überreichten jedem einen Teller mit zwölf Weintrauben.

Als Anne sich gerade nach dem üppigen Essen eine erfrischende Traube in den Mund stecken wollte, da winkte Bob ab.

»Stopp! Noch nicht! Die sind für einen Silvesterbrauch. Genau um Mitternacht soll man bei jedem Gong eine Weintraube essen. Man muss sich beeilen und gut schlucken. Wenn man es schafft, so heißt es, würden die Wünsche für das neue Jahr in Erfüllung gehen.«

Anne und Emma kicherten, und alle waren jetzt gespannt.

Dann füllten die Kellner die Sektgläser.

Punkt Mitternacht versuchten die Freunde, die Weintrauben genau mit jedem Schlag herunterzuschlucken. Sie bemühten sich, aber es war nicht einfach. Jeder von ihnen hatte große Erwartungen an die Zukunft und hoffte, dass sich einige Wünsche erfüllen würden.

Anne gingen viele Fragen durch den Kopf. Sie dachte an ihren Bruder. Werde ich ihn jemals finden? Der Wunsch in ihr wurde immer größer. Und wie wird es mit Michael weitergehen? Sie fühlte sich in seiner Anwesenheit geborgen und konnte sich vorstellen, ihr Leben auf Dauer mit ihm zu teilen. Sie wollte aber noch rücksichtsvoller werden. Das nahm sie sich fest vor.

Die Freunde waren inzwischen aufgestanden, hielten ihre Gläser hoch, stießen an und wünschten sich ein gutes Neues Jahr.

»*Prospero Ano Nuevo*, ein gesundes Neues Jahr. Das wünsche ich euch allen«, sagte Bob laut in die Runde, dann ging er auf Billy zu, legte seine Hand zärtlich unter die Locken in ihren Nacken und küsste sie.

Die beiden anderen Paare taten es ihnen gleich und flüsterten sich liebevolle Worte ins Ohr.

Dann gingen sie mit den anderen Gästen auf die Terrasse des Hotels und bestaunten das Feuerwerk.

Lanzarote, 2004: Die Welt ist klein

Am Neujahrstag wollten Anne, Michael, Emma und Alexander einen Ruhetag einlegen. Sie schlenderten über den Sandstrand von *Puerto del Carmen* und genossen es, sich treiben zu lassen.

Auch am nächsten Tag, am Montag, hatten sie sich aufs Faulenzen geeinigt.

Michael hatte eine Sonnenallergie bekommen und setzte sich mit einer Zeitung in den Schatten.

Die anderen kühlten sich auf der Terrasse des Hotels im Pool ab, schwammen mehrere Runden und machten es sich auf den Liegestühlen bequem. Sie genossen die Wärme, die ihnen zu Hause im Winter fehlte.

Als an der Pool-Bar Tapas angeboten wurden, bekamen sie Appetit, und jeder holte sich eine Portion.

Für den Nachmittag hatte sich Billy angekündigt. Als sie die Terrasse betrat, begrüßte sie die Freunde und lud sie ein, gleich mit zur *Casa Esperanza* zu kommen.

Anne, Emma und Alexander waren aber verschwitzt und wollten sich vorher noch duschen und umziehen.

»Komm Billy, wir trinken in der Zeit einen Kaffee.« Michael setzte sich mit ihr unter das Sonnendach an einen Tisch und bestellte beim herannahenden Kellner.

»Du kannst dir nicht vorstellen, wie glücklich Bob über das Layout ist«, erzählte sie. »Er hat sich immer wieder die einzelnen Seiten angesehen und ist von der Gestaltung rundum begeistert. Das habt ihr wirklich gut hinbekommen, ich kann immer wieder nur danke sagen.«

Michael freute sich über das Lob, aber winkte ab. »Das habe ich gerne gemacht, eigentlich für Anne, ich wollte in ihrer Nähe sein, denn Bob habe ich ja noch gar nicht gekannt. Die Arbeit aber hat mir wirklich Freude gemacht.«

»Heute früh ist Bob nach Gran Canaria geflogen, zu der Firma in *Las Palmas*, wo er auch die Ansichtskarten machen lässt. Da soll dann auch der Bildband gedruckt werden. Wie hoch die Auflage sein wird, weiß ich noch nicht. Billig wird es auf keinen Fall. Aber es muss sein, denn damit kommt er weiter und kann auch mehr Geld verdienen.«

»Ich freue mich, dass er zufrieden ist. Es hätte ja auch sein können, dass ihm einiges nicht gefällt.«

»Ich glaube, dass er im ersten Augenblick, als Anne ihm die Festplatte gegeben hat, nicht begeistert gewesen ist. Das mag er nicht, wenn andere für ihn entscheiden. Er möchte die Kontrolle haben. Aber dieses Mal ist es anders gewesen, warum auch immer. Er ist sehr zufrieden, und das ist gut.«

Michael nahm einen Schluck aus der Tasse. Es gab da etwas, was ihn schon lange interessierte. Aber bisher hatte er keine Gelegenheit gehabt, Billy darauf anzusprechen. »Du, Billy, ihr beide habt bisher kaum über Deutschland gesprochen und aus welcher Stadt ihr kommt. Was habt ihr vor eurer Zeit auf Lanzarote gemacht? Seit wann lebt ihr eigentlich hier? Warum seid ihr von Deutschland weggegangen? Und wollt ihr irgendwann mal wieder zurück? Bei den vielen gemeinsamen Aktivitäten sind wir noch gar nicht dazu gekommen, darüber zu sprechen. Billy ist doch nicht dein richtiger Name, oder?«

»Ja, du hast recht. Wir reden nicht oft darüber. Ich komme aus Düsseldorf. Da gibt es nicht viel zu berichten. Eigentlich heiße ich Sibylle Samson. Meine Eltern haben immer ziemlich viel gearbeitet und wenig Zeit für mich aufgebracht. Aber sie haben Geld gehabt. Ich bin im Wohlstand groß geworden, aber glücklich bin ich nicht gewesen. Ich habe immer ihre Anerkennung gesucht. Irgendwann habe ich mich auf den Weg gemacht, weil ich etwas Grundlegendes in meinem Leben verändern wollte. Hier auf Lanzarote habe ich sofort einen Job gefunden. Ich habe das Haus eines Deutschen gehütet, der mit seiner Familie nur in den Ferien hierhergekommen ist. In einem Nebengebäude habe ich kostenfrei wohnen dürfen. Das Geld hat mir zum Leben gereicht. Ab und zu habe ich auch im Supermarkt an der Kasse ausgeholfen. Aber eigentlich nur, um Kontakte zu knüpfen. Dann habe ich Bob kennengelernt und seitdem sind wir zusammen. Wäre Bob nicht, dann hätte ich vielleicht eine klitzekleine Boutique eröffnet. Das Startkapital hätten mir meine Eltern sicherlich gegeben.«

»Und woher kommt Bob?«, wollte Michael wissen.

»Er spricht normalerweise gar nicht darüber. Aber ich weiß es, denn ich bin ihm an dem Tag begegnet, als er mit der Fähre von *Cadiz* auf die Insel gekommen ist. Das ist jetzt dreizehn Jahre her. Ich habe damals gerade im Dino-Markt in *Puerto del Carmen* ausgeholfen. Bob ist in den Laden gekommen, nur mit einer Sporttasche, und er hat etwas Brot, Schinken, Käse, ein paar Bananen, Äpfel und

Wasser gekauft. Ich weiß das noch ganz genau. Wir haben eine Weile miteinander gesprochen. Der Laden war fast leer und ich habe Zeit für ihn gehabt. Dann hat er sich auf der gegenüberliegenden Straßenseite auf die Mauer gesetzt und erst mal in aller Seelenruhe gegessen. Er hat bestimmt drei Stunden dort verbracht, hat aufs Meer geguckt und sich von der Sonne bescheinen lassen. Als ich im Laden fertig gewesen bin, haben wir weitergeredet. Er hat mir von sich erzählt, seiner Familie und was ihm in Deutschland passiert ist. Er ist einfach froh gewesen, endlich eine Gesprächspartnerin zu haben. Er hat damals schon den Traum gehabt, als Fotograf auf der Insel zu arbeiten, und er hat mich gefragt, ob ich eine Bleibe für ihn wüsste. Ich habe beim Hauseigentümer angerufen, ob ich ihn bei mir unterbringen kann. Doch der ist nicht erreichbar gewesen. Ich habe Bob erst einmal bei einem befreundeten Spanier unterbringen können, kostenlos, bis er dann offiziell zu mir ins Nebengebäude gezogen ist. Nach ein paar Jahren, als Bob schon mit der Fotografie sein Geld verdient hat, habe ich eine Nachfolgerin als Hausmeisterin gefunden. Die macht das heute noch. Bob und ich haben dann dieses Haus hier, unsere *Casa Esperanza,* gemietet.«

»Ich finde, ihr seid ein wunderbares Paar, und ihr strahlt Harmonie und so etwas wie Glück aus.«

Billy schmunzelte.

»Wir kommen auch gut miteinander aus.«

Michael wollte aber noch etwas wissen. »Was meintest du damit, als du gesagt hast, dass Bob in Deutschland etwas passiert ist. Ist er krank gewesen?«

»Nein, das nicht. Aber er ist nicht bei seinen richtigen Eltern groß geworden, sondern adoptiert worden von einem

Ehepaar in Potsdam. Er hat sie einfach verlassen. Sie haben nicht gewusst, wo er ist. Aber am besten fragst du ihn selbst. Ich habe ihm damals ans Herz gelegt, seinen Adoptiveltern zu schreiben. Das hat er auch gemacht, aber ohne einen genauen Absender anzugeben. So haben sie ihm gar nicht antworten können, selbst wenn sie es gewollt hätten.«

»Weiß er etwas von seinen leiblichen Eltern?«, bohrte Michael jetzt nach. Das Thema Adoption kannte er ja von Anne und Emma.

»Ich glaube, die haben in Carau oder Calau gelebt, einem kleinen Ort irgendwo im Osten, wenn ich mich richtig erinnere. Er heißt ja auch nicht Bob, sondern Robert. Den Namen Bob hat er sich hier auf Lanzarote selbst gegeben. Er wollte einen Schlussstrich ziehen unter sein altes Leben. Ich weiß noch, wie er sagte, dass ihm der Wind der Insel so gut täte, denn er würde die Schatten seiner Vergangenheit verwehen. Das ist ein sehr schönes Bild. Aber wir haben beschlossen, nicht mehr darüber zu sprechen. Deshalb weiß ich auch nicht mehr.«

Michael war bei Billys Worten erstarrt. Ihm wurde heiß und kalt.

»Was ist los, Michael, ist alles in Ordnung?« fragte Billy besorgt.

In Michaels Kopf überschlugen sich die Gedanken. Wenn das stimmt, was ich vermute, dann kommt es einem Erdbeben gleich, dachte er. »Ja, ja, alles ist gut«, stotterte er. Dann sprang er auf, ging auf Billy zu, umarmte sie und drückte ihr einen Kuss auf die Wange. »Ich freue mich, Billy, dass ich dich kennengelernt habe.«

Billy verstand Michaels sonderbares Verhalten nicht. Sie zog die Schultern hoch, aber schmunzelte über die Zärtlichkeit, die er ihr entgegenbrachte. »Ist wirklich alles in Ordnung?«

Michael setzte sie sich wieder, nickte heftig und lachte Billy an. »Ja sicher, mehr als nur in Ordnung. Wann kommt Bob zurück?«

»Er müsste eigentlich schon gelandet sein. Wir wollen gleich mit euch auf den bevorstehenden Bildband anstoßen«, erwiderte sie.

In dem Moment gab ihr Handy einen Ton von sich. Billy sah auf ihr Display. »Gedankenübertragung. Er ist zu Hause«.

Die vier verließen mit Billy das Hotel und nahmen die kleine Straße parallel zur Küste.

Ein kräftiger Wind wehte.

Nach wenigen hundert Metern standen sie vor der *Casa Esperanza*.

»Bitte, frag Bob gleich, wo er herkommt, wo er geboren ist«, flüsterte Michael Anne ins Ohr, als sie ins Haus gingen. »Es ist wirklich sehr wichtig.«

Anne sah Michael verständnislos an. Warum sollte sie das tun, und warum tat er so geheimnisvoll? War es wieder einer seiner Scherze? Sie fragte nicht weiter nach, aber sie wunderte sich schon, dass er so auffallend fröhlich wirkte.

Als Bob aus dem Bad kam, standen alle zusammen im Wohnzimmer. Er gab Billy einen Kuss und wandte sich dann an Anne und Michael. »Es wird ein wunderbarer Bildband. Dem Drucker hat das Layout sehr gefallen. Es wird ungefähr vier Wochen dauern«, meinte er.

Michael stupste Anne in die Seite und flüsterte: »Na los, frag ihn.«

Anne versuchte, so beiläufig wie möglich zu klingen. »Bob, ich wollte dich schon die ganze Zeit fragen, wo du eigentlich herkommst.«

Bob war wegen seines geplanten Bildbandes in einer solchen Hochstimmung, dass er seine Zurückhaltung, die er sonst bei der Frage nach seiner Herkunft hatte, in diesem Moment ablegte. Freimütig gab er Auskunft, und er kokettierte sogar damit. »Wo ich herkomme? Geboren bin ich in Calau, einem kleinen Nest in Ostdeutschland. Übrigens am 4. Januar, also heute genau vor 36 Jahren. Damit wisst ihr es jetzt. Ich habe heute Geburtstag. Aber ich hab es nicht angekündigt, damit ihr euch keine Gedanken um Geschenke machen sollt. Es sollte eine Überraschung sein.« Er zelebrierte die wenigen Sätze wie ein Schauspieler.

Aber Anne stockte der Atem. Der 4. Januar hatte sich als markantes Datum bei ihr eingebrannt. Dann sagte sie leise: »Bob, ich bin auch in Calau geboren, am 25. August.«

Alle schwiegen und sahen nur abwechselnd zu Bob und Anne.

Keiner dachte daran, Bob zum Geburtstag zu gratulieren.

Anne fragte ihn: »Heißen deine Eltern Achim und Birgit Dreyer?«

Bob war fassungslos, brachte kein Wort mehr heraus und nickte nur stumm. Und auch die anderen konnten kaum begreifen, was hier gerade passierte.

Michael strahlte Bob an: »Mensch, kapierst du es, ihr seid Geschwister. Anne ist deine Schwester.«

Bob stand wie versteinert da.

Anne rollten die Tränen herunter. »Du bist mein Bruder Robert.«

Als er sich endlich gefangen hatte, nahm er seine Schwester in die Arme und drückte sie fest an sich. Auch er hatte feuchte Augen bekommen.

Minutenlang bewegten sich die beiden nicht und weinten.

Dann lockerte er seine Umklammerung, sah sie an, strich ihr übers Haar und lächelte. »Ich fasse das nicht. Meine kleine Schwester Anne, das ich dich wiederhabe.«

»Das gibt es ja nicht«, jauchzte Emma endlich, als sie die Sprache wiedergefunden hatte. »Das ist ja wie im Film.«

Billy holte Sekt und füllte die Gläser.

Alle ließen sich jetzt in den Polstern nieder.

Aus Bob sprudelte es plötzlich nur so heraus. »Dein Name Anne hat mich eigentlich schon ganz am Anfang an meine Schwester erinnert. Aber ich hab den Gedanken sofort weggeschoben. Für mich ist das mittlerweile so weit weg gewesen, und ich habe nicht mehr damit gerechnet, dass ich dich jemals wiedersehen würde. Meine Versuche, dich zu finden, sind alle schon vor vielen Jahren gescheitert. Anne heißen viele. Und du hast eine Schwester. Deshalb habe ich nicht einen Moment daran gedacht, dass du *die* Anne sein könntest, meine Schwester.«

Er konnte den Blick nicht von ihr abwenden und versuchte in ihrem Gesicht und in ihren Augen etwas zu finden, an das er sich erinnern könnte.

»Unsere Eltern Edith und Georg Sommer haben Emma und mich adoptiert, Emma als Säugling und mich mit zwei Jahren«, erklärte Anne. »Die beiden sind wunderbar, und wir haben ein gutes Verhältnis, nicht wahr, Emma? Aber, Bob, ich kann mich überhaupt nicht mehr an unsere leiblichen Eltern erinnern, da ist nichts, kein Bild.«

Wieder nahm er Anne in seine Arme und drückte sie

stumm an sich. Es war, als wenn auf einmal all seine trüben Erinnerungen in ein strahlendes Licht getaucht würden. Nach Jahren der Dunkelheit erhellte sich mit einem Schlag seine Vergangenheit. Dann ließ er seine Schwester los, stand auf, trat einen Schritt zurück, schaute sie an und sagte lächelnd: »Anne, es kann sein, dass du Ähnlichkeit mit unserer Mutter hast. Aber so genau kann ich mich auch nicht mehr erinnern.«

»Hast du Fotos von unseren Eltern?«

»Nein, leider nicht. Ich habe mal bei ehemaligen Nachbarn gefragt, aber keinen Erfolg gehabt.«

Auf einmal spürte Anne, dass sie nicht mehr allein war bei ihrer Suche. Sie hatte mit ihrem Bruder eine gemeinsame Vergangenheit. Bob war jetzt ein Vertrauter, ein Bruder, und seine Erinnerungen können ihre Lücken füllen. Sie fragte sich, wie Michael darauf gekommen war. Woher hatte er gewusst, dass Bob der Bruder war, nachdem sie suchte?

Ihr Freund berichtete aufgeregt: »Billy hat mir eben am Pool, als ihr geduscht habt, erzählt, dass Bob eigentlich Robert heißt und aus Calau kommt. Da hab ich nur eins und eins zusammengezählt.«

Anne nahm ihn in den Arm und flüsterte ihm etwas ins Ohr.

Michael strahlte: »Gern geschehen, meine Liebe.«

Nun erzählte sie Bob von ihrem seltsamen Erinnerungsfetzen, der ihr manchmal durch den Kopf schwirrt.

»Anne, ich weiß, was er bedeutet. Es ist an dem Tag gewesen, an dem wir von unseren Eltern getrennt wurden, und es ist der schlimmste in meinem Leben gewesen. Ich erinnere mich noch genau, wie ich von der Schule abgeholt worden bin und du schon im Auto gesessen und geweint hast. Auf der langen Fahrt nach Dresden habe ich dich die ganze Zeit im Arm gehabt und getröstet. Wir beide haben die Welt ja nicht mehr verstanden. Vielleicht schwirrt dieser kleine Rest, der von diesem schrecklichen Tag noch übrig geblieben ist, als Fetzen in deinem Kopf. Mir hat sich das Ereignis tief ins Gedächtnis eingebrannt, und ich erinnere mich an viele Details.«

Anne hatte endlich eine Erklärung, und ihr Erinnerungsfetzen formte sich zu einem verständlichen Bild.

Bob erzählte weiter, was noch bedeutsam war.

Alle anderen saßen da und hörten betroffen zu.

Der Sekt war eingeschenkt, aber keiner hatte bisher sein Glas genommen.

Vieles von dem, was Bob nun erzählte, hatte er immer verdrängt.

Auch für Billy waren einige Dinge neu. Als für einen Moment niemand etwas sagte, stand sie auf und verteilte endlich die gefüllten Gläser. »Auf den Schock müssten wir eigentlich einen Schnaps trinken. Aber lasst uns nun auf das Leben anstoßen, das manchmal verrückte Wege geht. Wir gehören jetzt alle zu einer Familie. Ist euch das klar? Natürlich freuen wir uns auf den ersten Bildband. Außerdem hat Bob heute Geburtstag, wie ihr gehört habt. Wir haben viel Gründe, heute zu feiern.«

Die Gläser klirrten, und einer nach dem anderen gratulierte Bob.

Anne schwebte inzwischen wie auf einer Wolke. Immer wieder musste Michael ihr mit einem Tuch die Tränen trocknen, die nicht aufhören wollten zu laufen.

Da klingelte es an der Tür.

»Noch eine Überraschung?«, fragte Bob und ging, um zu öffnen.

Draußen waren fröhliche Stimmen zu hören.

Er kam mit zwei weiteren Gästen ins Wohnzimmer und stellte sie strahlend vor. »Das hier ist mein alter Freund Franz, und das ist seine Frau Beate. Die beiden kommen direkt aus Berlin.«

»Hallo zusammen«, sagte Franz. »Wir haben uns spontan entschieden, auf die Insel zu kommen.«

Billy holte noch zwei Gläser und füllte sie mit Sekt.

»Vor drei Stunden sind wir gelandet und dann zum Hotel gebracht worden. Wir haben nur schnell unsere Koffer ins Zimmer gestellt und gehofft, dich und Billy anzutreffen, denn wir wissen ja, dass du heute Geburtstag hast«, erklärte Franz und überreichte Bob eine dekorativ verpackte Flasche mit den Worten »Unsere allerbesten Glückwünsche zum 36.«

Bob bedankte sich, erhob sein Glas und prostete den neu angekommenen Gästen zu. »Die Überraschung ist euch gelungen. Vielen Dank! Ihr habt gerade etwas verpasst. Ich habe meine Schwester wiedergefunden«, erzählte er immer noch tief berührt und machte alle miteinander bekannt.

»Mensch Bob, das gibt es ja nicht.« Franz war überwältigt. Er konnte sich noch gut daran erinnern, wie verzweifelt und wütend sein Freund gewesen war. »Ich weiß noch genau, wie du damals völlig neben der Spur gewesen bist, als du erfahren hast, dass deine Eltern nicht mehr leben. Und dass du nichts über deine Schwester herausbekommen hast, das hat dir, glaube ich, am meisten zugesetzt, oder?«

Bob nickte stumm.

Er sah seinen Freund an. »Ihr müsst wissen, Franz hat

schon damals die DDR kritisch gesehen, weil er schon immer gut informiert gewesen ist und regelmäßig Deutschlandfunk gehört hat«, erinnerte sich Bob. Dann wandte er sich an Franz. »Du hast viel gewusst, hast aber nie etwas ausgeplaudert.«

Franz machte einen Gesichtsausdruck, der erkennen ließ, dass es ihm mitunter wohl auch schwergefallen war. »Mit einer frei geäußerten Meinung über die Regierung hat man sich schnell in Gefahr gebracht, selbst mit einem politischen Scherz, einem selbst gedichteten kritischen Liedtext, Bemerkungen in der Schule oder auf der Arbeit. Es ist nicht so einfach gewesen, immer seinen Mund zu halten. Aber ich habe es durchgehalten, und mir ist nichts geschehen. In meiner Stasi-Akte habe ich auch gar nicht viel gefunden.«

»Auch ich habe gelernt, im richtigen Moment zu schweigen. Meine Eltern haben ja zu den Besserverdienern gehört. Doch das habe ich zu der Zeit nirgendwo erzählt, weil ich nicht damit angeben wollte. Zum Glück, das muss ich heute sagen, denn als Sohn eines Stasi-Mitarbeiters hätten mich meine Schulfreunde sonst wohl gemieden. Die Leute aus dem Ministerium für Staatssicherheit sind nicht gerade beliebt gewesen. Aber das habe ich zu der Zeit noch gar nicht durchschaut«, sagte Bob.

»Die SED hat während ihrer vierzigjährigen Geschichte einen totalen Überwachungsapparat geschaffen und die Bürger nie frei wählen lassen. Die Staatssicherheit hat für die Partei alle Kritiker des Systems ausspioniert und gelähmt. Und das Land so einfach verlassen, das ist auch nicht möglich gewesen. Wie haben wir das bloß ausgehalten?«

Bald waren alle in lebhafte Gespräche vertieft.

Franz wollte genau wissen, wie sich die Geschwister gefunden haben, und auch Beate fragte nach, wo Anne und Emma herkommen.

Bob erzählte, was er von seinen leiblichen Eltern wusste, dass sie ins Gefängnis gesperrt wurden und dort auch gestorben waren, lange nach der Adoption.

»Irgendjemand muss sie ausspioniert und etwas über sie herausgefunden haben, was der Partei nicht gefallen hat«, meinte Franz.

Anne war erschüttert. Ihr Bildfetzen bekam jetzt einen Sinn, und die Schatten der Vergangenheit lösten sich langsam auf. Jetzt verstand sie auch, warum sich alles zwischen ihr und Bob sofort so vertraut angefühlt hatte.

Bob war es nicht anders ergangen. »Als ich dich und Emma im Hotel zum ersten Mal gesehen habe, ist mir sofort klar gewesen, dass ich mit euch den Kontakt halten möchte. Solche Inselrundfahrten wie mit euch, die mache ich nicht gleich mit jedem, dem ich begegne. Da ist ein unsichtbares Band zwischen uns gewesen«, erinnerte sich Bob.

»Bei mir ist es die Stimme gewesen, deine Stimme, Bob, die für mich so vertraut geklungen hat. Und wenn du gesprochen hast, hat das auf mich immer beruhigend gewirkt. Es ist mir auch merkwürdig vorgekommen.«

Bob stand auf und holte einen kleinen Zettel. »Hier ist die Telefonnummer von Lisa Meyer, vom Jugendamt in Calau, mit der ich damals gesprochen habe. Vielleicht arbeitet sie noch da. Ruf sie einfach mal an. Erzähl ihr, dass wir uns gefunden haben. Sie hat sich damals viel Zeit für mich genommen und auch einiges herausgefunden.«

»Ja, das mache ich. Nur dadurch, dass sie die Informationen an das Jugendamt in Dresden weitergegeben hat, habe ich herausfinden können, dass ich in Calau geboren bin. Ihr habe ich es eigentlich zu verdanken, dass ich überhaupt von deiner Existenz erfahren habe.«

Bob wollte noch etwas erzählen. »Gleich nach unserer Trennung im Kinderheim bin ich von den Eheleuten Keller in Potsdam adoptiert worden. Bei mir ist es ja anders als bei dir gewesen, Anne. Ich habe mich ja noch an unsere Eltern erinnert und ziemlich lange gebraucht, um das alles zu akzeptieren. Aber im Laufe der Jahre sind wir ganz gut miteinander ausgekommen. Als die Grenze dann auf war, ist mir klar geworden, dass ich nicht bei ihnen bleiben möchte.«

»Weißt du, wie es ihnen heute geht?«

»Nein, ich hab keinen Kontakt mehr.«

»Warum nicht?«

Bob zuckte mit den Schultern. »Das hat viele Gründe. Sie haben nach dem Mauerfall nicht mit mir über die politischen Veränderungen gesprochen. Sie haben sie einfach ignoriert und mit aller Kraft an der DDR festgehalten. Als ich dann noch erfahren habe, dass unsere Eltern im Gefängnis gestorben sind, bin ich wütend gewesen, wütend auf das gesamte System, und auch auf die beiden. Sie müssen etwas gewusst haben, gerade weil mein Adoptivvater im Ministerium für Staatssicherheit gearbeitet hat und ein ganz hohes Tier gewesen ist, das weiß Franz auch.«

Franz nickte.

»Ich vermute stark, dass sie mir verschwiegen haben, was wirklich passiert ist. Vielleicht tue ich ihnen auch Unrecht. Aber damals habe ich nichts anderes gekonnt, als sie zu verlassen, sonst wäre ich verrückt geworden. Ich habe Zeit und Abstand gebraucht, um über mich, das Leben und die Zukunft nachzudenken.«

Es entstand ein kurzes Schweigen.

»Du wolltest ja nicht mit, Franz«, ergänzte Bob.

»Mensch, Bob, es ist einfach der falsche Zeitpunkt für mich gewesen. Beate und ich hatten uns damals gerade kennengelernt.«

»Dann bin ich allein losgezogen. Für eine gewisse Zeit ganz ohne Begleiter unterwegs zu sein, das ist eine gute Erfahrung gewesen. Ich habe viel Zeit zum Nachdenken gehabt und bin ganz bei mir angekommen. Aber auf Dauer könnte ich nicht allein leben.«

»Hast du eigentlich keine Angst gehabt? Du hast ja gar nicht gewusst, was dich erwartet«, wollte Anne wissen.

»Angst hab ich nie gehabt. Während meiner Reise durch Deutschland, Frankreich und Spanien habe ich mir vorgestellt, wie mein Leben in einem Jahr aussehen könnte und was ich tun möchte, ganz konkret. Ich habe viele Bilder in meinem Kopf entstehen lassen, wie eine Brücke zwischen dem Jetzt und dem Übermorgen. Natürlich brauche ich auch andere Menschen, mit denen ich reden kann. Das ist mir ziemlich schnell klar geworden. Ich glaube, wir alle brauchen vertraute Menschen, die uns wahrnehmen und bestätigen und uns ein Stück in unserem Leben begleiten. Das ist total wichtig. Menschen machen das Leben lebenswert. Als ich hier auf der Insel angekommen bin, ist mir gleich Billy begegnet. Mit ihr habe ich alles hinter mir gelassen und dann nur noch nach vorne geblickt.«

»Da hast du aber auch großes Glück gehabt.«

»Ja, das kann man wohl sagen. Billy ist die erste Person hier gewesen, die ich kennengelernt habe, und sie ist bis heute für mich der wichtigste Mensch.« Bob sah seine Freundin an und warf ihr einen Luftkuss zu.

»Ja, Billy, du bist wirklich klasse und hast für uns sogar Schicksal gespielt«, ergänzte Anne. Freudestrahlend erzählte sie von der ersten Begegnung mit Billy bei den Ansichtskarten im Supermarkt und wie es danach weiterging. »Das ist wirklich verrückt. Wir haben so viel Zeit zusammen verbracht, ohne zu wissen, dass Bob und ich Geschwister sind.«

Billy und Emma holten die kaltgestellten Köstlichkeiten, die Billy für die Geburtstagsfeier vorbereitet hatte, und stellten sie auf den Tisch.

Die Gäste griffen gerne zu und ließen sich alles schmecken.

Während sie aßen, kam das Gespräch immer wieder darauf, wie klein die Welt sein kann und wie seltsam diese ganze Geschichte ist.

Zaghaft fragte Bob seine Schwester, ob sie sich vorstellen könnte, mit seinen Eltern in Deutschland Kontakt aufzunehmen und ihnen von den Neuigkeiten zu erzählen. »Du würdest mir einen ziemlich großen Gefallen damit tun. Ich selbst möchte mich da lieber zurückhalten.«

»Ja, klar, mach ich gern. Ich bin gespannt darauf, sie kennenzulernen.«

»Unsere Eltern werden sich jedenfalls über den Familienzuwachs freuen«, meinte Emma. »Aber wir erzählen ihnen besser erst alles, wenn wir wieder zu Hause sind. Das ist einfach zu groß, um es am Telefon so beiläufig zu erwähnen.«

»Vielleicht braucht ihr ja mal einen Fotografen für eine große Familienfeier. Dafür wäre ich sogar bereit, für einige Tage nach Deutschland zu kommen, natürlich mit Billy«, sagte Bob und nahm seine Freundin in den Arm, die sich gerade wieder neben ihn gesetzt hatte.

»Das wird vielleicht gar nicht mehr lange dauern«, warf Alexander ein und lächelte Emma an. »Wir kommen dann ganz sicher auf dein Angebot zurück.«

»Morgen ist ja euer letzter Tag auf der Insel«, sagte Bob zu Alexander, als sich seine Gäste verabschieden wollten.

»Ja, richtig, übermorgen, am 6. Januar, ist unser Rückflug. Dann sind die Ferien zu Ende.«

»Der 5. Januar ist hier ein besonderer Tag«, kündigte Bob an. »Ich verrate noch nichts. Aber wir sollten uns am Nachmittag im Hochhaus in *Arrecife* treffen, um 16 Uhr, oben im 14. Stock, wenn ihr möchtet. Dort ist ein Café. Dann erzähle ich euch, was wir uns ansehen werden. Franz und Beate, ihr werdet doch bestimmt auch dabei sein?«

»Na, klar«, sagte sein Freund. »Ich glaube, ich weiß, was du meinst. Aber ich verrate nichts.«

Am nächsten Tag saßen alle zusammen über den Dächern von Lanzarote.

Anne wollte von Franz wissen, wie er Bob kennengelernt hatte.

Er erzählte, dass er vom Ministerium für Staatssicherheit den Auftrag erhalten hat, Modekataloge zu gestalten und Bob die Fotos dafür gemacht hat. »Ach, übrigens, Bob, erinnerst du dich noch an Wolfgang Joop, den Modeschöpfer?«

»Du meinst den Wolfgang Joop, den die Stasi damals überwacht und erpresst hat, damit er Entwürfe für die DDR macht?«

»Ja, genau, der regelmäßig den Bauernhof in Potsdam besucht hat, auf dem er groß geworden ist. Es wird dich freuen, wenn du hörst, dass das gesamte Anwesen nach der Wende wieder in das Eigentum seiner Familie zurückgegangen ist. Wolfgang Joop ist heute Bürger von Potsdam, wohnt in dem restaurierten Haus und hat sein Modestudio an der Stelle eingerichtet, wo früher die Scheune gestanden hat.«

Bob nickte. »Das gefällt mir.«

»Hat dein Vater mit der Erpressung des Modeschöpfers zu tun gehabt?«, fragte Anne.

»Ja, bestimmt, aber er hat nie mit mir darüber gesprochen. Er hat mir aber den Auftrag gegeben, die Modefotos zu machen«, erklärte Bob.

»Die Eheleute Keller sind immer politisch korrekt und staatstreu gewesen. Sie haben die Bedingungen für eine Adoption vorbildhaft erfüllt«, meinte Franz.«

»Unsere Adoptiveltern haben sich da eher zurückgehalten, nicht wahr Emma?«, warf Anne ein.

Ihre Schwester nickte. »Staatstreu waren sie bestimmt nicht.«

»Ihr seid beide adoptiert?« wollte Franz jetzt wissen.

Emma bejahte seine Frage.

»Und? Weißt du etwas über deine leiblichen Eltern?«

»Nicht wirklich. Ich bin als Säugling gleich nach der Geburt in die Familie gekommen. Und ich weiß nur, dass meine Mutter bei der Geburt gestorben ist.«

»Naja, das heißt ja noch nichts. Inzwischen sind auch Fälle bekannt geworden, wo Neugeborene einfach verschwunden sind und der Mutter gesagt worden ist, dass das Kind gestorben wäre.«

Emma erschrak. Aber sie versuchte, sich nichts anmerken zu lassen. Daran hatte sie noch nicht gedacht.

Franz ließ nicht locker. »Wenn eure Eltern zwei Kinder adoptiert haben, wäre ich mir aber nicht so sicher, dass sie nicht auch linientreu gewesen sind. Wahrscheinlich haben sie euch nur bekommen, weil sie sich im Sinne der Partei vorbildhaft verhalten haben«, sagte Franz.

Anne und Emma sahen sich an und zogen die Schultern hoch.

»Unsere Mutter ist Lehrerin gewesen. Sie hat gesagt, dass pädagogisch geschulten Personen gerne Kinder anvertraut worden sind«, erklärte Emma.

»Ja, das stimmt«, meinte Franz.

Beate schaltete sich in das Gespräch ein. »Eine Freundin von mir ist mit ihrem Freund kürzlich in fröhlicher Stimmung zum Standesamt gegangen, um zu heiraten, und hat erst dort erfahren, dass sie adoptiert worden ist. Der Beamte hat ihr gesagt, er müsse erst überprüfen, dass ihr zukünftiger Mann nicht ihr Bruder sein könnte.«

»Das ist ja heftig«, rief Emma bestürzt aus.

Als sie Kaffee und Kuchen längst verzehrt und die Gläser mit kühlen Getränken geleert hatten, erklärte Bob, warum sich hier alle versammelt hatten. »In Spanien werden die Kinder am 5. Januar beschenkt. Dieser Tag ist wie der Heilige Abend in Deutschland. Aber hier bekommen die Kinder ihre Geschenke von den drei Königen. Ihr werdet *los tres Reyes* gleich höchstpersönlich sehen. Sie reiten heute Abend auf Dromedaren in einem großen Umzug durch die Stadt. Am Schluss bleiben sie vor einer großen Krippe stehen und legen dort symbolisch Gold, Weihrauch und Myrrhe ab. Die Kinder laufen dann ganz schnell nach Hause zu ihren Geschenken. Man erzählt ihnen, dass die heiligen Männer in der Zwischenzeit auch bei ihnen in der Wohnung gewesen sind.«

»Das hört sich sehr besonders an. Auf Dromedaren? Wo kommen die denn her?« wollte Alexander wissen.

»Die Dromedare werden auf Lanzarote gezüchtet, in *Uga*. Es gibt hier weit über zweihundert Tiere. Anne und Emma haben im letzten Urlaub ja schon unterhalb des *Timanfaya-Vulkans* einige gesehen, auf denen Besucher eine Runde reiten können.«

»Ich werde auf jeden Fall Fotos machen und meinen Kindern in der Schule davon berichten«, sagte Emma.

»Wir sollten nicht zu spät losgehen, sonst kommen wir nicht mehr durch«, meinte Bob.

Die vier Paare liefen die Uferstraße entlang bis zu der Höhe, wo die *Rambla*, die Fußgängerzone, beginnt. Dort blieben sie am Straßenrand stehen und warteten zusammen mit vielen anderen Neugierigen auf den Umzug.

Immer mehr Menschen versammelten sich, und schließlich wurde es eng.

Nach einiger Zeit rührte sich etwas auf der Straße. Der Zug setzte sich in Bewegung. Zu sehen waren bunt geschmückte Wagen mit vielen Kindern, die Süßigkeiten in die wartende Besuchermenge warfen. Nun ritt der erste König mit prunkvoller Kleidung auf einem Dromedar an ihnen vorbei. Dann folgten wieder bunt geschmückte Wagen mit Kindern, die wie Engel gekleidet waren. Auch sie warfen Süßigkeiten und Blumen in die Menge. Jetzt kam der zweite König. Daran schlossen sich wieder bunte Wagen an und zuletzt war der dritte König erkennbar, hoch oben auf dem Rücken des Wüstentieres.

Inzwischen war über der Hauptstadt die Dunkelheit hereingebrochen.

Die meisten Zuschauer waren bereits wieder auf dem Heimweg.

Die vier Paare liefen noch gemeinsam zu ihren Autos.

»Wir wünschen euch eine gute Heimreise. Wenn nichts dazwischen kommt, dann werden wir uns in den Osterferien wiedersehen, und wir freuen uns darauf«, sagte Franz, und Beate pflichtete ihm bei.

Billy und Bob holten aus dem Kofferraum vier Pakete mit Geschenken und überreichten sie ihren neuen Familienmitgliedern.

»Aber erst im Hotel öffnen«, ermahnte sie Bob scherzhaft.

»Versprochen«, erwiderte Anne und strahlte.

Bob und Billy nahmen Franz und Beate mit und brachten sie zu ihrem Quartier.

Anne, Emma, Michael und Alexander machten sich auf den Weg zu ihrem Hotel. Dort angekommen, aßen sie noch eine Kleinigkeit und öffneten dann gemeinsam ihre Geschenke.

Anne packte als erste ihre Tüte aus. Eine Kette mit einem Anhänger, der einen Gecko aus Olivin in einer Silbereinfassung zeigte. Sie schaute den geschliffenen Stein von allen Seiten an und war begeistert.

Auch Emma hatte eine Kette bekommen, aber mit einem Lavastein, der ebenfalls in Silber eingefasst war. Beide entdeckten noch je eine Tube Aloe Vera Hautcreme in ihrer Tüte.

Alexander betrachtete sehr interessiert das Dreierset *El Grifo*-Wein in unterschiedlichen Geschmacksrichtungen, das er sofort zum Anlass nahm, alle zu einem gemütlichen Abend in seine Wohnung in Dresden einzuladen.

Michael freute sich über eine Mappe mit handsignierten Fotos von Bob auf Büttenpapier. Damit würde er seine Wohnung und sein Büro schmücken.

Am nächsten Tag standen die vier Urlauber in der Abflughalle am Abfertigungsschalter.

Bob und Billy waren gekommen und wollten es sich nicht nehmen lassen, sie noch einmal in die Arme zu schließen und ihnen eine gute Heimreise zu wünschen.

»Wenn wir uns im Frühjahr wiedersehen, dann werden wir etwas zu feiern haben«, sagte Billy strahlend. »Bob hat mir gestern ganz feierlich einen Antrag gemacht.«

»Willkommen, liebste Schwägerin, in unserer Familie«, sagte Anne und freute sich sichtlich.

Auch die anderen drückten sie herzlich.

»Da gibt es ja etwas, auf das wir uns richtig freuen können«, sagte Emma.

»Die Zeit vergeht so schnell, und schon bald sind wir wieder hier«, meinte Michael.

Nun mussten sie ihr Gepäck aufgeben und durch die Sicherheitskontrolle gehen. Solange sie Billy und Bob durch die Glasscheiben erkennen konnten, winkten sie ihnen immer wieder zu.

»Es ist schön, dass die beiden heiraten«, bemerkte Anne.

»Ja, alles ist so spannend. Das Leben birgt ja im Moment reichliche Überraschungen. Unsere Eltern werden Augen machen. Bob ist ja nicht nur dein Bruder, sondern auch meiner«, sagte Emma.

»Na klar, unser Bruder. Mal sehen, vielleicht besuche ich die Eheleute Keller mal, dann könntest du mitkommen«, meinte Anne.

»Das machen wir am besten alle zusammen«, ergänzte Michael.

»Wir Männer haben ja jetzt hautnah miterlebt, wie sich die Familie so mir nichts dir nichts vergrößert hat. Ich bin sicher, dass wir beide da auch noch einen Beitrag zu leisten können«, meinte Alexander und nickte Michael zu.

Anne und Emma schmunzelten, gaben aber keinen Kommentar ab.

Dresden, Januar 2004:
Blick in die Vergangenheit

Nachdem das Flugzeug in Dresden gelandet war, liefen sie durch die Kälte zum Parkhaus.

Michael startete das Auto und drehte gleich die Heizung hoch. Zuerst brachte er die Schwestern nach Hause und setzte dann Alexander vor seiner Haustür ab.

Nach vielen Umarmungen und Küssen ihrer Eltern ließen sich Anne und Emma auf dem Sofa nieder.

»Mama, Papa, jetzt haltet euch fest. Es gibt sehr große Neuigkeiten.« Anne machte eine kurze Pause, um die Spannung zu steigern, und nahm erst einmal einen Schluck Wein aus dem Glas, das vor ihr stand. »Wir haben einen Bruder bekommen«, lachte sie.

Die Eheleute Sommer sahen sich an, wirkten irritiert, sagten aber nichts.

Jetzt wurde Anne ernst. »Bob Keller, von dem wir schon so viel erzählt haben, der mit dem Fotoband, er ist mein Bruder. Eigentlich heißt er Robert und ist in Calau geboren, genau wie ich.«

Ihre Eltern schauten sie mit großen Augen an und waren nicht in der Lage, auch nur ein Wort herauszubringen.

»Versteht ihr? Ich habe meinen Bruder gefunden! Wir waren die ganze Zeit Freunde, ohne zu wissen, dass wir Geschwister sind.«

»Ja, bist du denn sicher, Anne? Wie habt ihr das denn herausgefunden?«, wollte Edith Sommer wissen, die ihre Sprache wiedergefunden hatte.

Nun sprudelte es nur so bei Anne und Emma. Sie schmückten ihre Erzählungen aus und holten zwischendurch kaum Luft.

Anne erzählte von dem Tag, an dem Robert und sie abgeholt wurden und in das Kinderheim gebracht worden waren, von dem, woran sich Robert noch erinnern konnte und schließlich davon, wie sich ihr Bilderfetzen mit allen anderen Informationen zu einer Geschichte zusammengefügt hatte.

Edith und Georg Sommer begriffen langsam, was sie da hörten und waren überwältigt.

»Es ist schlimm, was man euch beiden angetan hat«, sagte Edith Sommer mit ernster Miene und drückte Anne. »Das haben wir alles nicht gewusst.«

Georg Sommer hatte den Wortwechsel bisher nur stumm verfolgt. Nun schaute er Anne ernst an und tätschelte ihre Hand. »Ich bin beeindruckt. Das ist großartig, was ihr herausgefunden habt. Die Stasi-Unterlagen werden wahrscheinlich noch mehr ans Tageslicht bringen. Wenn eure Eltern bespitzelt worden sind, dann wirst du in den Akten hoffentlich Namen von Personen finden, die du zur Rechenschaft ziehen kannst.«

»Ich werde auf jeden Fall Einsicht nehmen, das steht fest«, sagte Anne.

»Habt ihr eigentlich auch Probleme während der DDR-Zeit gehabt?«, wollte Emma wissen.

»Nur wenig. Wir haben einfach viel Glück gehabt, so würde ich es aus heutiger Sicht sagen. Durch meinen Beruf war ich oft bei Richtfesten und Einweihungsfeiern und habe wichtigen Männern die Hand geschüttelt. Und Mama ist Lehrerin gewesen. Vielleicht ist das alles ausschlaggebend gewesen, damit unsere Adoptionsanträge bewilligt worden sind«, erzählte Georg Sommer. »Aber ich kann es nur vermuten. Wir haben jedenfalls alles getan, um den Eindruck zu erwecken, dass wir Kinder im sozialistischen Geist erziehen werden, und wir haben die Partei über den grünen Klee gelobt, auch öffentlich, obwohl wir nicht davon überzeugt gewesen sind.«

»Staatstreue zu heucheln ist damals die einzige Chance in unserer Situation gewesen«, erzählte Edith Sommer. »Wir sind sehr niedergeschlagen gewesen, als wir erfahren haben, dass wir keine eigenen Kinder bekommen können. Und wir haben uns aneinander geklammert, als der Traum von einer eigenen Familie zerbrochen ist. Wir sind uns aber einig gewesen, dass wir einen neuen Weg suchen müssen und haben dann zwei Adoptionsanträge beim Referat für Jugendhilfe gestellt. Wir haben uns gegenseitig aufgerichtet und einander vertraut. Aber von dem Tag an, als wir zu dritt waren, ist es besser geworden. Als wir dann noch ein Kind bekommen haben, sind unsere Seelen ins Gleichgewicht gekommen. Und natürlich ist für uns das oberste Gebot gewesen, für euch immer gute Eltern zu sein.«

Georg Sommer ergriff wieder das Wort. »Nachdem ihr bei uns gewesen seid, hat man uns bedrängt, in die SED einzutreten. Doch wir haben uns geschickt davor drücken können und irgendwelche Ausreden gefunden. Wir haben uns durchgemogelt und von politischen Diskussionen und

Aktivitäten ferngehalten. Irgendwann hat man uns dann in Ruhe gelassen.«

»Bei Bob ist das anders gewesen«, erzählte Anne. »Seine Adoptiveltern sind von der DDR überzeugt gewesen. Sein Vater ist für die Überwachung zuständig gewesen. Natürlich hat die Familie dadurch viele Vorteile gehabt. Aber Bob hat zu Hause nur von den großartigen Errungenschaften des Staates gehört. Eine kritische Betrachtung hat es nie gegeben.« Anne spürte auf einmal, wie sehr sie das Thema aufregte.

Georg Sommer nickte. »Die SED hat immer propagiert, dass nur der Sozialismus mit dem gemeinschaftlichen Verwalten von Eigentum und Landwirtschaft das wahre System sei und Frieden für die Menschen schaffe. Die Partei hat bewusst Feindbilder aufgebaut. Das Ministerium für Staatssicherheit sollte die totale Kontrolle über die Bevölkerung gewährleisten. So hat es der zuständige Minister, Erich Mielke, angeordnet. Die Mitarbeiter, die das alles umgesetzt haben, sind von ihrer Tätigkeit völlig überzeugt gewesen, obwohl sie sogar selbst ausspioniert worden sind. Das vergisst man leicht. Vor allem West-Kontakte sind für sie strikt verboten gewesen.«

Anne und Emma hörten gespannt zu. Sie hatten schon häufig von ihren Eltern gehört, wie schwer diese Zeit für alle war. Aber immer wieder lauschten sie gerne den Erzählungen.

Dann erzählte Anne weiter, was sie von Bob gehört hatte. »Bobs Vater hat ja im Ministerium für Staatssicherheit gearbeitet. Er hat sich auch noch nach dem Mauerfall dort aufgehalten. Doch dann ist ja alles beschlagnahmt worden, und er hat keine Arbeit mehr gehabt, wie alle aus dem Ministerium. Es wäre gut gewesen, wenn er viel früher der Opposition zugehört und deren Argumente respektiert hätte.«

»Hat es denn in der DDR Leute gegeben, die sich Gedanken über ein anderes politisches System gemacht haben, ich meine, auch schon lange vor der Wende?« fragte Emma ihren Vater.

»Doch, ja, es hat schon immer eine Opposition gegeben. Bürgerrechtler haben sich auch schon früher in kleinen Gruppen zusammengefunden, aber sie waren anfangs natürlich sehr leise. Sie haben sich nur heimlich getroffen und verschlüsselt miteinander Kontakt gehabt, denn der lange Arm des Staates hat ja mit den Bespitzelungen bis in die Familien gereicht. Wenn sie entdeckt worden wären, hätte ihnen das Gefängnis gedroht, im besten Fall die Ausweisung. Viele sind in Hohenschönhausen oder anderswo verschwunden. Die Zahl der Ausreisewilligen ist immer größer geworden. Aus Furcht vor einem Image-Schaden hat die DDR dann nicht mehr so hart durchgegriffen. Die Regierung hat nicht gewollt, dass etwas über die Haftbedingungen nach draußen dringen sollte. Vor allem, wenn politische Häftlinge von der Bundesrepublik freigekauft worden sind. Was die anschließend so alles ausgeplaudert haben, haben die Westzeitungen gerne gedruckt.«

»Ja, Georg, und dann ist Gorbatschows Reformpolitik gekommen«, ergänzte Edith Sommer. »Das hat die Minister verunsichert, und alle anderen in den oberen Etagen. Gleichzeitig hat sich die Opposition getraut, lauter zu werden. Die Kirchen haben auf einmal eine große Bedeutung erhalten. Man hat sich ja nur dort versammeln können, und aus dieser Ecke sind dann ja auch lautstark Veränderungen gefordert worden. *Wir sind das Volk!* Das haben sie gerufen. Aber das wisst ihr ja selbst.«

Anne versuchte, sich an die Zeit vor dem Mauerfall zu erinnern. Schließlich hatte sie ja ihre ersten siebzehn Jahre in der DDR erlebt. Sie war damals nicht besonders interessiert an Politik. Aber mit der Wende wurde das anders. »Ist es nicht so gewesen, dass praktisch alle überwacht worden sind? Und ganz besonders natürlich die, die anders gedacht und anders gelebt haben. Sie haben Angst gehabt, eines Tages eingesperrt zu werden. Vertrauen hat es nicht mehr gegeben.«

»Ja, Anne, da hast du recht: Das Vertrauen untereinander ist weggewesen, schon lange. Jeder hat Jedem misstraut. Und die Bürger haben den Politikern nicht mehr geglaubt. Das ist fatal gewesen. Ohne Vertrauen wird das Zusammenleben geradezu vergiftet. Wenn Vertrauen fehlt, zerstört das jede Gemeinschaft über kurz oder lang.«

»Bob hat zu seinen Eltern auch kein Vertrauen mehr gehabt«, erklärte Emma.

»Er hat mich gebeten, mit ihnen Kontakt aufzunehmen«, warf Anne ein. »Falls sie einem Besuch zustimmen, werden wir hinfahren, auch Michael und Alexander. Dann werden wir vielleicht erfahren, wie sie jetzt denken. Ich hoffe, wir können dem jahrelangen Schweigen zwischen Bob und seinen Eltern ein Ende machen.«

Nachdenklich begann Georg Sommer zu erzählen. »Vor der Wende haben wir mit euch nur sehr selten über das politische System gesprochen. Wir haben aufgepasst, dass uns keine kritischen Äußerungen in eurer Gegenwart über die Lippen kommen, weil wir euch und uns nicht in Gefahr bringen wollten. Es hätte ja sein können, dass ihr irgendetwas aufschnappt und in der Schule oder beim Spielen mit anderen Kindern ausplaudert, ohne es selbst verstanden zu haben. Ein falsches Wort ist schon gefährlich gewesen. Das passiert ja schnell bei Kindern, dass sie unbedarft erzählen, was sie gehört haben.«

»Das stelle ich mir nicht einfach vor, wenn man immer aufpassen muss, was man sagt«, meinte Anne.

Edith Sommer nickte und dann ergriff sie das Wort. »Für die Eheleute Keller ist es nach der Wende bestimmt nicht leicht gewesen. Das Lebenskonzept der vergangenen Jahrzehnte fällt plötzlich wie ein Kartenhaus in sich zusammen, und damit ja auch irgendwie der Sinn des Lebens. Das ganze Tun und alles, wofür man sich eingesetzt hat, ist gestern noch richtig gewesen, aber heute plötzlich falsch.« Sie sah ihren Mann an. »Nicht wahr, Georg?«

Georg Sommer nickte nachdenklich. »Ja, in gewisser Weise schon. Am Anfang der DDR hat ja eigentlich auch eine ganz gute Idee gestanden. Der Sozialismus ist ein politisches System. Aber die DDR hat ihn nur als Aushängeschild benutzt. Sie hat sich zur Diktatur entwickelt. Für sie ist die Freiheit der Bürger am Ende nichts wert gewesen. Die Menschen sind mundtot gemacht und eingesperrt worden, wenn sie nicht alles befolgt haben, was sie SED vorgegeben hat. Selbstständiges Denken ist gar nicht erwünscht gewesen. So etwas kann ja auf Dauer nicht funktionieren.«

»Nein, Demokratie haben wir nach der Wende erst lernen müssen«, warf Edith Sommer ein.

»Demokratie ist ein Leben ohne Angst. Jeder darf die eigene Meinung sagen. Freiheit bedeutet, selbst zu denken.« Georg Sommer nahm einen Schluck aus seinem Glas. Dann fügte er noch hinzu: »Mir fällt dazu der Ausspruch von

Hegel ein, sinngemäß etwa so, dass der Zweck eines Staates darin besteht, die Freiheit aller seiner Bürger zu garantieren. Davon ist die DDR weit entfernt gewesen.«

Das erinnerte Anne an einen anderen Philosophen. »Kant hat ja etwas Ähnliches gesagt. Er ist davon überzeugt gewesen, dass jeder Mensch wichtig ist, und er hat gesagt, dass jeder Einzelne immer am besten so handeln solle, wie er selbst behandelt werden möchte.«

Emma hatte aufmerksam zugehört. Doch jetzt wollte sie noch einen anderen Gedanken einbringen. »Demokratie ist aber kein Selbstläufer. Wir müssen sie immer wieder aufs Neue verteidigen, wenn wir Freiheit und Frieden erhalten wollen. Das ist unser Auftrag.«

Alle nickten ihr zu.

Emma sprach weiter. »Ich bin froh, dass ich Lehrerin geworden bin. In der Schule wird Tag für Tag genau daran gearbeitet. Das ist nicht leicht, den Schülern immer wieder zu zeigen, dass es unterschiedliche Wahrheiten gibt und nicht eine richtig sein muss. Wir versuchen, sie darin zu bestärken, den anderen zu verstehen, und dass sie sich die Mühe machen, zu vergleichen und kritisch nachzufragen. Das Wichtigste ist dabei, dass wir uns alle eine eigene Meinung bilden und die auch vertreten können. Die Äußerungen der Schüler gefallen mir auch nicht immer, aber wenn sie gut begründet sind, muss ich das hinnehmen.«

»Ja, du hast recht. Demokratie ist kein Spaziergang, sondern oft anstrengend, und sie muss jeden Tag neu erarbeitet werden«, bestätigte Georg Sommer.

»Und wie ist es eigentlich dazu gekommen, dass Bob dann nach Lanzarote gegangen ist?«, wollte die Mutter wissen.

»Weil seine Eltern auch nach der Wende von dem SED-

Regime so dermaßen überzeugt gewesen sind und sich auf keine Diskussion eingelassen haben. Als Bob dann vom Tod seiner leiblichen Eltern erfahren hat, ist er wütend auf sie geworden. Er hat das Gefühl gehabt, betrogen und belogen worden zu sein. Seine Adoptiveltern haben die Politik, die Bespitzelungen und das Verschwinden unschuldiger Menschen hinter Gefängnismauern nie in Frage gestellt. Selbst nach dem Mauerfall sind sie einfach stumm geblieben.«

»Ich kann verstehen, dass er zornig geworden und abgehauen ist«, sagte Georg Sommer. »Eigentlich hat er ja nur konsequent gehandelt. Ja, es ist viel Unrecht passiert. Und Kinder, die gewaltsam von ihren Eltern getrennt worden sind, haben sich ja nicht wehren können.«

»Aber jetzt führt er auf Lanzarote ein gutes Leben und ist glücklich. Das ist das Wichtigste, finde ich.«

»Ja, Anne, das ist es. Wie du erzählt hast, hat er Billy an seiner Seite«, sagte Edith Sommer.

»Genau, Billy ist seine große Stütze. Er weiß, was er an ihr hat. Mit ihrer Hilfe hat er es geschafft, die düsteren Erinnerungen hinter sich zu lassen und mit großer Energie nach vorne zu schauen. Die beiden werden übrigens bald heiraten.«

»*Haus der Hoffnung*. So haben sie ihr Zuhause genannt«, ergänzte Emma.

Dresden und Potsdam, Anfang 2004:
Schwierige Annäherung

Anne hatte von Bob die Anschrift seiner Eltern in Potsdam bekommen. Die Telefonnummer stimmte nicht mehr, aber nach einigem Suchen fand sie eine aktuelle. Aufgeregt wählte sie die Nummer. Schon nach dem dritten Klingeln nahm jemand ab.

»Keller«, meldete sich eine männliche Stimme am anderen Ende.

»Guten Tag, Herr Keller. Mein Name ist Anne Sommer. Ich rufe Sie im Auftrag Ihres Sohnes an.«

Es herrschte Stille in der Leitung.

Dann sprach Anne weiter. »Ich habe Bob, also Robert, auf Lanzarote kennengelernt. Er hat mich gebeten, mit ihnen Kontakt aufzunehmen.« Jetzt vernahm sie am anderen Ende ein Räuspern.

»Ah, Robert. Sie haben Robert getroffen.«

»Ja, es geht ihm gut, er lässt Ihnen Grüße ausrichten.«

Herr Keller rang immer noch um die Worte.

»Herr Keller, ihrem Sohn geht es gut.«

»Ah, das ist schön zu hören, danke.« Heinrich Keller schien seine Sprache wiedergefunden zu haben. Er erkundigte sich nach Robert und wollte wissen, was er macht und wie er lebt.

Anne erzählte von ihrer gemeinsamen Zeit auf der Insel und von seinen Fotos.

Herr Keller blieb sehr sparsam mit seinen Bemerkungen.

»Wie schön, er fotografiert noch.«

»Ja, er lebt davon. Und er macht Fotobände.«

»Und wo kommen Sie her, wenn ich fragen darf?«

»Aus Dresden.«

»Aha, aus Dresden. Ja vielen Dank, Frau Sommer, dass Sie uns Roberts Grüße übermitteln. Wissen Sie, wir haben seit vielen Jahren keinen Kontakt mehr. Das kommt jetzt alles sehr überraschend. Aber haben Sie vielen Dank. Wenn Sie ihn wiedersehen, richten Sie ihm doch bitte unseren Dank aus. Vielleicht ruft er ja mal selbst an. Das wäre schön.«

Anne versprach, die Grüße auszurichten, aber dann war Herr Keller plötzlich kurz angebunden und verabschiedete sich. Schade, dachte Anne, ich wäre gerne einmal hingefahren. Aber sie hatte sich nicht getraut, es von sich aus vorzuschlagen.

Als sie Bob von dem Telefonat erzählte, war auch er enttäuscht, ließ es sich aber nicht anmerken. Selbst anzurufen, das kam für ihn nicht Frage. »Anne, lass es gut sein. Ich habe mir schon gedacht, dass es schwierig wird. Ach übrigens, ich habe veranlasst, dass die Druckerei dir fünf Exemplare nach Deutschland schickt.«

»Danke, vielen Dank. Sollen wir mit deinen Eltern wirklich alles auf sich beruhen lassen?«

»Im Moment ist mir das am liebsten, Anne. Vielleicht machen wir ein anderes Mal einen neuen Anlauf, ok?«

»Ja. In Ordnung.«

Mitte Februar kam das Paket mit Bobs Bildbänden.

Anne blätterte es immer wieder durch und war begeistert. Es gefiel ihr sehr gut. Dann hatte sie eine Idee. Vielleicht würden Bobs Eltern das Buch gerne sehen. Sie rief an.

Marianne Keller meldete sich.

Als Anne ihr erklärte, wer sie ist, freute sie sich sehr. »Wie schön, dass Sie sich noch einmal melden. Mein Mann hat von Ihrem Anruf erzählt. Ich hätte ja gerne zurückgerufen. Aber er hat keine Nummer aufgeschrieben. Wie das manchmal so ist.« Sie lachte verlegen.

Schnell kamen die beiden Frauen ins Gespräch.

Die Fragen sprudelten nur so heraus. Frau Keller wollte alles wissen, und Anne erzählte von Lanzarote und wie sie Bob kennengelernt hatte. »Möchten Sie uns nicht einmal hier in Potsdam besuchen. Sie, ihr Freund und die beiden anderen. Wir würden Sie gerne kennenlernen.«

Anne war begeistert.

Die beiden Frauen verabredeten gleich einen Besuch für den kommenden Sonntag um 15 Uhr zu Kaffee und Kuchen.

»Dann haben wir Zeit, uns kennenzulernen und miteinander zu reden. Wir freuen uns auf den Besuch. Mein Mann auch. Sie müssen entschuldigen, er ist bei ihrem letzten Anruf einfach zu überrascht gewesen und hat erst alles verdauen müssen.«

Am Sonntag machten sich die vier jungen Leute schon am Vormittag auf den Weg. Vor dem Treffen bei den Eheleuten Keller wollten sie noch sehen, wie die Bauarbeiten bei der Restaurierung der historischen Gebäude vorangeschritten waren. Durch den Beruf ihres Vaters zeigten Anne und Emma großes Interesse daran.

Am Alten Markt sahen sie, dass an der Wiederherstellung der Nikolaikirche, des Museums Barberini, des Alten Rathauses und des Stadtschlosses schon fleißig gearbeitet wurde. Dann fuhren sie noch ein kurzes Stück und parkten in der Nähe von *Schloss Sanssouci*, zogen ihre warme Kleidung über und machten einen Spaziergang durch den Park. Die Luft war kühl und feucht. Aber nach der langen Autofahrt tat die Bewegung an der frischen Luft gut. Sie sahen, dass am Neuen Palais nur die alten Sicherungsmaßnahmen zu erkennen waren, aber mit der eigentlichen Restaurierung noch gar nicht begonnen wurde. Dann liefen sie weiter zum Holländischen Viertel, in dem viele der kleinen Häuser schon liebevoll wiederhergestellt worden waren. Dort machten sie eine Pause, um etwas zu essen. Als sie wieder ins Auto stiegen, waren sie gespannt auf die Begegnung mit Bobs Eltern, die nicht weit entfernt wohnten.

Michael stellte das Auto in der großzügigen Einfahrt des Hauses vor der Eingangstür ab.

Im selben Moment öffnete Marianne Keller die Tür. Sie hatte das Auto schon kommen sehen.

Heinrich Keller stand direkt hinter ihr und beobachtete skeptisch, wie die vier aus dem Wagen stiegen und auf die Haustür zugingen.

Die Eheleute begrüßten ihre Gäste, baten sie ins Haus und führten sie in das große Wohnzimmer, wo schon ein reichlich gedeckter Tisch vorbereitet war.

Emma ließ ihren Blick schweifen und sagte: »Sie haben ein hübsches Haus«.

»Danke. Es hat schon meinen Eltern und Großeltern gehört. Nach der Wende haben wir allerdings die Eigentumsrechte neu eintragen müssen. Aber jetzt ist es wieder in unserem Besitz. Bitte nehmen Sie doch Platz.«

Frau Keller goss Kaffee in die Tassen und verteilte den Kuchen. Als sie ihre Gäste versorgt hatte, zögerte sie nicht lange. »Haben Sie noch einmal mit Robert gesprochen? Wissen Sie, wie es ihm jetzt geht? Wir haben ja so lange nichts mehr von ihm gehört. Es ist eine schlimme Zeit gewesen. Er ist damals einfach weggegangen. Auf und davon. Wir haben lange Zeit nicht gewusst, wo er ist. Schrecklich.«

Anne erzählte ausführlich, wie sie Bob kennengelernt hatten und was er gerade macht.

Marianne Keller strahlte.

Heinrich Keller nickte immer wieder und aß derweil seinen Kuchen.

Bevor Anne nun endlich das Wichtigste sagen wollte, holte sie noch einmal tief Luft und warf einen Blick zu Michael, der ihr zunickte.

»Frau Keller, Herr Keller, wir haben auf Lanzarote zufällig herausgefunden, dass Bob und ich Geschwister sind.«

Die Eheleute erstarrten, und ihnen fehlten die Worte.

Anne sprach weiter. Sie erzählte von Frau Meyer in Calau, von ihren Eltern Achim und Birgit Dreyer und von Bobs Geburtstag am 4. Januar auf Lanzarote.

Marianne und Heinrich Keller saßen reglos da, und keiner der beiden brachte ein Wort heraus.

Dann endlich fand Frau Keller ihre Sprache wieder. »Sind Sie sich sicher, Frau Sommer, dass Robert Ihr Bruder ist? Er hat anfangs einmal von einer Schwester gesprochen und uns gefragt, wo sie sein könnte, aber wir haben nichts gewusst. Uns hat man nichts gesagt. Als wir Robert adoptiert haben, ist er allein gewesen. Seine Eltern seien, wie man uns gesagt hat, bereits tot. Das passt ja nicht so recht zusammen.«

»Ja, wir sind beide ganz sicher. Wir haben alles genau geprüft. Und es passt zu unseren Erinnerungen. Wir haben die Geburtsurkunden, dass wir die Kinder von Birgit und Achim Dreyer sind.«

»Dann ist das ja wohl ein glücklicher Zufall gewesen«, meinte Heinrich Keller und räusperte sich.

»Unsere leiblichen Eltern haben zum Zeitpunkt der Adoption noch gelebt. Sie sind im Gefängnis gewesen und erst Jahre später gestorben. Haben Sie das gewusst?«, bemerkte Anne.

Wieder verschlug es den Eheleuten die Sprache.

Aber Anne fuhr fort. »Bob, also Robert, ist nach der Wende auf Spurensuche in Calau gewesen. Er hat gehofft, dass er dort etwas über unsere Familie herausfinden könnte. Als er dann im Jugendamt erfahren hat, was passiert ist, sind bei ihm die Sicherungen durchgebrannt. Das können Sie sich ja vorstellen, oder? Seine Wut auf die DDR ist groß gewesen.«

»Ja, schon. Aber warum ist er dann einfach so verschwunden?« wollte Frau Keller wissen.

»Frau Keller, ihr Sohn hat geglaubt, dass sie das alles gewusst haben und dass sie ihn belogen haben.«

Marianne Keller wurde kreidebleich. Mit erstickter Stimme fragte sie: »Das hat er geglaubt?« Weiter kam sie nicht. Dann liefen ihr die Tränen über die Wangen.

Herr Keller räusperte sich abermals und übernahm das Wort. »Ja«, begann er, »ich mache kein Geheimnis daraus, dass ich in der SED gewesen bin und für die Staatssicherheit gearbeitet habe. Unser Ministerium ist eine geschlossene Einrichtung gewesen, für andere nicht zugänglich. Niemand hat sich bei uns bewerben können, sondern wir haben Mitarbeiter selbst ausgewählt. Klar, habe ich mehr gewusst als andere. Aber wir haben uns auch gegenseitig kontrollieren müssen und sind letztlich genauso Opfer des Systems. Die eigenen Kollegen haben uns ausspioniert. Und ich bin verpflichtet worden, regelmäßig über Roberts Aktivitäten und über Besuche von Freunden Protokoll zu führen. Zum Glück hat der Junge keinen Blödsinn gemacht und auch kein West-Radio gehört. Nicht wahr Marianne? So ist es doch gewesen?«

Seine Frau nickte nur stumm, während sie sich mit einem Taschentuch die Tränen abtupfte.

»Das ist doch nicht zu fassen«, murmelte Emma und versuchte, ihre Empörung zu unterdrücken. Aber sie sagte nichts weiter, denn sie wollte Anne die Gesprächsführung lassen.

»Doch, genauso ist das gewesen«, erwiderte Heinrich Keller. »Sie können das, so jung wie sie sind, aus heutiger Sicht nicht verstehen. In Ihren Ohren mag es sich seltsam anhören. Aber die Kinder der anderen Mitarbeiter sind genauso beobachtet worden, und man hat sie mit Gewalt zur Anpassung, zum Gehorsam und zu schulischen Hochleistungen gezwungen. Doch das hat es bei uns nicht gegeben. Wir haben Robert nie geschlagen, und haben auch kein böses Wort ihm gegenüber geäußert. Wir haben nur sein Bestes gewollt.«

»Ja, das stimmt«, sagte Frau Keller, »wir haben Robert geliebt und immer gut für ihn gesorgt, auch für seine Ausbildung. Das ist uns wichtig gewesen. Und wir lieben ihn immer noch.«

»Unser Leben ist auch nicht leicht gewesen, das können Sie mir glauben. Eigentlich hätten wir gar nicht in diesem Haus hier, sondern in einem großen Wohnblock, zusammen mit anderen Kollegen, wohnen sollen. Aber damals habe ich angeben, dass wir die Schwiegereltern pflegen müssen, denen das Haus gehört hat, und die ja anfangs auch noch mit uns im Haushalt gelebt haben. Das ist noch vor der Adoption von Robert gewesen.«

Die Eheleute kamen plötzlich aus dem Reden nicht mehr heraus. Es war, als hätte sich eine Schleuse geöffnet.

Die Freunde von Anne und Emma saßen nur da und sagten nichts. Alexander spielte mit den Krümeln auf seinem Teller, und Michael führte schon das dritte Mal seine leere Kaffeetasse an den Mund.

»Hier im Haus ist immer unser kleines Paradies gewesen«, erklärte Marianne Keller.

»Ja, und dann ist die Grenze plötzlich aufgemacht worden. Und von einem auf den anderen Tag hat sich alles verändert. Das ist für uns schwierig gewesen. Fast ein Jahr bin ich arbeitslos gewesen. Nach der Wiedervereinigung habe ich dann in der Immobilienbranche Arbeit gefunden. Ich habe wirklich großes Glück gehabt. Und dann verschwindet unser Sohn so mir nichts dir nichts.« Heinrich Keller schüttelt den Kopf. »Ohne Erklärung, einfach so. Zuerst haben wir gedacht, dass er zum Studieren in den Westen gegangen ist, nach München oder so, wie viele andere junge Leute. Dann ist der Brief aus Lanzarote gekommen. Wir sollen uns keine Sorgen machen, ihm würde es gut gehen, hat er geschrieben. Was soll man denn dazu sagen als Eltern?« Heinrich Keller holte tief Luft und trank einen Schluck Kaffee.

Marianne nahm die Kanne und goss bei allen noch einmal nach. Währenddessen sprach sie. »Es ist schwer, Roberts Verhalten zu akzeptieren. Aber wenn er jetzt Erfolg hat und zufrieden ist, freuen wir uns natürlich sehr darüber. Vielleicht ist es nicht richtig gewesen, dass wir nie offen über die Vergangenheit gesprochen und unsere politische Einstellung nie kritisch hinterfragt haben, spätestens nach der Maueröffnung hätten wir das vielleicht tun sollen. Nachher ist man immer schlauer. Am Anfang haben wir ja noch geglaubt, dass die Grenze wieder geschlossen wird und alles so weitergehen kann.«

Emma atmete tief aus und verdrehte wieder die Augen. Aber sie schwieg.

»Heute kann man leicht ein Urteil fällen. Sicherlich ist einiges nicht gut gelaufen, aber so schlecht, wie manche sagen, ist es auch wieder nicht gewesen. Die DDR wird heute als ein Unrechtsstaat bezeichnet. Kann sein, dass sie es gewesen ist. Aber wir sind nicht daran schuld.«

Anne versuchte, das Gespräch noch einmal auf ihre leiblichen Eltern zu lenken. »Bei der Adoption müssen Sie doch irgendetwas über unsere leiblichen Eltern erfahren haben, gerade wenn Sie bei der Staatssicherheit in einer führenden Position gewesen sind«, bohrte Anne nach. Sie konnte es einfach nicht glauben, dass die Eheleute nichts gewusst haben.

»Die Adoptionen sind immer geheim gewesen. Da ist nichts nach außen gedrungen. Uns ist gesagt worden, dass Roberts Eltern tot seien. Mehr nicht. Punkt!«, erwiderte Herr Keller.

Anne spürte, dass es in diesem Gespräch kein Weiterkommen gab. Sie war enttäuscht. In Ihrer Tasche hatte sie ein Exemplar von Bobs Bildband. Sie hatte vorgehabt, es den Eheleuten zu schenken. Aber den Gedanken verwarf sie nun. Es ist vielleicht ein Fehler, ihnen das Buch zu geben, ohne Bob gefragt zu haben. Ich weiß ja gar nicht, ob ihm das überhaupt recht ist, dachte sie. Sie war die erste, die in dieser seltsamen Atmosphäre wieder passende Worte fand. »Ich danke Ihnen, dass Sie uns das erzählt haben. Wir werden Bob von unserem Besuch hier bei Ihnen in Potsdam berichten.«

»Ja, Frau Sommer, bitte bestellen sie ihm Grüße von uns. Und sprechen Sie mit ihm. Vielleicht meldet er sich ja mal selbst. Wir sind ihm nicht böse, er ist doch unser Sohn. Sagen Sie ihm das.«

Die Verabschiedung war kurz.

Als alle wieder im Auto saßen, machte sich Emma endlich Luft. »Puh, das war ja was. *Wir sind ihm nicht böse.* Die sind vielleicht gut. Aber *er* ist ihnen vielleicht böse. Und ich glaube, er hat allen Grund dazu. Habt ihr gemerkt, dass sich die beiden die ganze Zeit herausgeredet haben?«

»Es ist richtig, dass du ihnen den Bildband nicht gegeben hast«, sagte Michael zu Anne. »Das soll Bob allein machen.«

»Wir haben uns aus dem Gespräch herausgehalten, weil die Angelegenheit sehr persönlich ist und eigentlich nur dich und Bob betrifft«, ergänzte Alexander.

»Das ist schon in Ordnung. Hoffentlich ist es nicht zu langweilig für euch gewesen.«

»Nein, im Gegenteil«, meinte Alexander. »Es ist sogar sehr interessant gewesen. Das Verhalten von Bobs Eltern ist schon merkwürdig. Sie haben sich die ganze Zeit gerechtfertigt und die Schuld auf andere geschoben.«

Michael bestätigte das, was Alexander beobachtet hatte. »Ja genau, so habe ich das auch empfunden. Die Stasi-Leute sind ja für Konfliktsituationen besonders geschult worden. Ich finde, das hat man gemerkt. Herr Keller hat auf alles die passende Antwort gehabt und sich immer im Griff gehabt. Er hat uns die ganze Zeit nicht aus den Augen gelassen.«

Am nächsten Tag berichtete Anne ihrem Bruder am Telefon von dem Besuch bei seinen Adoptiveltern in Potsdam.

»Dein Vater, Bob, hat natürlich nicht geleugnet, dass er SED-Mitglied gewesen ist und für die Stasi gearbeitet hat. Er ist wohl ziemlich überzeugt davon, dass das, wofür er sich engagiert hat, das Richtige gewesen ist. Er sei bei den Guten gewesen, so hat es jedenfalls geklungen.«

»Siehst du, hab ich dir doch gesagt. Und habt ihr gefragt, was sie von unseren Eltern wissen?«

»Haben wir, aber sie sind der Frage geschickt ausgewichen. Angeblich hat man ihnen gesagt, dass sie nicht mehr leben würden. Ich weiß nicht, ob ich ihnen das alles so glauben kann. Jedenfalls haben beide an die DDR geglaubt, aber irgendwann erkennen müssen, dass nicht alles gut gelaufen ist, so habe ich sie jedenfalls verstanden. Aber wer weiß, vielleicht ist ja unser Besuch und das Gespräch ein Anstoß für sie, nochmal über alles nachzudenken.«

»Sie sind dir nicht böse, Bob. Sie haben immer nur dein Bestes gewollt. Das sollen wir dir sagen. Sie würden sich sehr freuen, wenn du dich selbst bei ihnen melden würdest.«

»Das weiß ich noch nicht.«

Es entstand eine kurze Pause.

Dann sprach Bob weiter. »Als ich damals auf Lanzarote

angekommen bin, habe ich die Vergangenheit einfach hinter mir lassen wollen. Ich habe gedacht, dass ich alles wie ein Kleidungsstück abstreifen könnte. Aber die Erinnerungen holen mich immer wieder ein, und ich merke, dass ich sie nicht einfach auslöschen kann, und eigentlich auch gar nicht will. Sie gehören zu mir und zu meinem Leben. Mit dir, Anne, hab ich gemerkt, dass Erinnerungen auch wohl tun und verbinden können. Vielleicht geht es bei der Vergangenheitsbewältigung ja auch darum, anderen zu vergeben.«

»Das glaube ich auch. Wir alle machen Fehler, und es wäre klug, für die Zukunft daraus zu lernen, damit wir es besser machen können.«

»Weißt du, Anne, jetzt wo Billy und ich heiraten werden, stell ich fest, wie groß mein Wunsch nach einer eigenen Familie ist. Ich will unseren Kindern, die wir hoffentlich bekommen werden, von früher erzählen können. Ich will ihnen alles sagen, ganz gleich, wonach sie fragen. Dafür wäre es vielleicht gut, wenn ich endlich mit meiner eigenen Geschichte ins Reine kommen könnte.«

»Bob, denk noch mal in Ruhe darüber nach. Der richtige Zeitpunkt wird schon noch kommen, an dem ihr euch wieder begegnen könnt.«

Dresden, Oktober 2004: Besuch im Archiv

Anfang Oktober hatte Anne endlich den Bescheid zur persönlichen Akteneinsicht erhalten, die in der Außenstelle des Stasi-Unterlagen-Archivs in Dresden stattfinden sollte. Sie hatte Anfang des Jahres den Antrag gestellt und eine Bestätigung der Meldebehörde über ihre Identität beigefügt. Da ihre leiblichen Eltern nicht mehr lebten, musste sie die Sterbeurkunden in Calau beantragen und den Nachweis erbringen, dass sie die Tochter der Eheleute Dreyer war.

An einem regnerischen und kühlen Morgen stieg Anne auf der gegenüberliegenden Straßenseite ihrer Wohnung in der Neustadt in den Bus und fuhr die wenigen Stationen bis zum *Trachenberger Platz.* An der nächsten Querstraße sah sie schon das große Gebäude. Sie ging durch den Seiteneingang hinein.

Eine Sachbearbeiterin der Behörde nahm sie in Empfang und händigte ihr die Materialien aus, die für sie bedeutsam waren. Sie hatte Akten, Filme, Fotos, Tondokumente und kopierte Papiere auf einen Rollwagen gestellt und gab Anne noch ein paar Erläuterungen.

»Die Stasi hat massiv in die Persönlichkeitsrechte ihrer Opfer eingegriffen. Deshalb werden die Unterlagen, anders als in gewöhnlichen Archiven, immer vorgesichtet und in der Zusammenstellung nur zur Akteneinsicht vorgelegt oder als Kopien herausgegeben. In den Papieren sind alle Informationen zu Dritten geschwärzt worden. Das werden sie bei der Durchsicht feststellen. Diese aufwändigen Verfahren sind zum Schutz der Persönlichkeitsrechte der betroffenen Personen unverzichtbar. Die Menschen, die von der Stasi ausgespäht worden sind, haben ein Recht darauf, zu erfahren, wie das Ministerium für Staatssicherheit in ihr Schicksal eingegriffen hat und wer verantwortlich dafür gewesen ist. Bei Ihnen, Frau Sommer, handelt es sich um einen speziellen Fall. Weil Ihre Eltern nicht mehr leben, haben Sie das Recht, zu erfahren, was mit ihnen passiert ist. Wenn Sie weitere Fragen haben, können Sie sich an mich oder an die Kollegin im Lesesaal wenden.«

»Ich danke Ihnen für Ihre Mühe«, sagte Anne.

Die Sachbearbeiterin führte Anne in den Lesesaal, der gut geheizt war, und in dem sich Anne aufwärmen konnte.

Sie war nicht die einzige, die dort Akteneinsicht nahm. Im Raum saß noch weiter hinten eine Frau, die tief über einen Stapel Papiere gebeugt war. Sie schaute kurz herüber und nickte ihr zu, als Anne sich niederließ.

An der Stirnseite des Saals saß eine Mitarbeiterin, die darauf achtete, dass mit den Unterlagen sorgfältig umgegangen wird. Auch sollte keine Person mit ihrer Akte allein gelassen werden, sondern sofort Beistand erhalten. Jetzt erst wurde Anne klar, wie aufwändig die Vorbereitungen für solch eine Akteneinsicht waren.

Sie machte sich gleich an die Arbeit. Über viele Seiten hinweg las sie Belanglosigkeiten und Informationen über völlig normale Tagesabläufe. Einige Stellen waren wie angekündigt geschwärzt. Die Fülle der Alltäglichkeiten, die der Informant festgehalten hatte, war erschreckend und erdrückend. Ihre Eltern waren in ihrem ganz alltäglichen Leben gründlich ausspioniert worden. Und immer wieder stieß sie auf IM Walter. Diese Person hatte die Familie auf Schritt und Tritt beobachtet und dann unzählige Gesprächsprotokolle verfasst. Er hatte Fotos gemacht und die Unterhaltungen zum Teil auf einem Tonband aufgenommen. Wie selbstverständlich hatte er sich gemeinsam mit anderen Stasi-Mitarbeitern Zugang zur Wohnung verschafft, als niemand zu Hause war. Akribisch hatte er aufgelistet, was er alles fand. Auch dazu hatte er wieder zahlreiche Fotos von der Wohnung angefertigt. Anne versuchte, sich zu erinnern, als sie die Bilder sah. Die Schränke, den Tisch, die Betten, Gardinen, Teppiche und selbst einen Korb mit schmutziger Wäsche hatte IM Walter fotografiert. Der Gedanke, dass ständig ein Unsichtbarer in der Wohnung herumgeschnüffelt hatte, war ihr unerträglich.

Sie sah auf und blickte aus dem Fenster.

Die Frau im hinteren Bereich des Saales blätterte in einem Papierstapel.

Die Tür öffnete sich, und die Sachbearbeiterin kam mit einem Mann herein, der genau wie Anne einen Wagen voller Akten und Schachteln vor sich herschob.

Auch er suchte sich einen Platz, nahm einen Ordner vom Stapel und begann zu lesen.

Anne blätterte weiter. Dann hielt sie auf einmal ein Foto in den Händen, auf dem eine junge Frau zu sehen war, auf der Rückseite stand »Birgit Dreyer, 16. 02. 1975«. Anne suchte nach Erinnerungen, aber fand nichts in ihrem Kopf, kein Bild, keinen noch so kleinen Anhaltspunkt. Sie wusste einfach nicht, wie ihre Mutter ausgesehen hatte. Aber eine gewisse Ähnlichkeit mit ihr glaubte sie zu erkennen. Robert hatte ja auch gesagt, dass sie Züge ihrer Mutter hätte. Mit klopfendem Herzen hörte sie eine Tonbandaufzeichnung ab. Eine Männerstimme war zu hören, und auch eine Frau sagte etwas. Das müssen ihre Eltern gewesen sein. Aber das alles war ihr fremd.

Es gab auch Informationen von anderen Personen, wahrscheinlich von Nachbarn, die befragt worden waren. Sie fand einen Ausreiseantrag, der abgelehnt worden war, und einen Vermerk, dass ihre Eltern eine Flucht vorbereitet hatten. Angeblich würden sie auch Kontakte zu Verwandten in Westdeutschland pflegen. Aber davon gab es keine Protokolle oder Aufzeichnungen von Telefongesprächen.

Schon zwei Stunden saß Anne nun über den Papieren. Der Nacken tat ihr weh, und der Kopf brummte. Aber sie wollte wenigstens alles einmal überfliegen. Dann entdeckte sie das Protokoll der Verhaftung mit der Begründung, dass ihre Eltern gegen § 249 des Strafgesetzbuches der DDR verstoßen hätten. Aus den Papieren ging hervor, dass sie in das Gefängnis Hohenschönhausen überstellt worden waren. Es folgte ein dicker Stapel Papier, Seiten über Seiten Verhörprotokolle. Was sie lesen musste, war abgründig, menschenverachtend und grauenvoll. Anne war entsetzt, wie ihre Eltern gedemütigt und gequält worden waren.

Ihr Vater wurde schon bald nach der Verhaftung ins Haftkrankenhaus eingeliefert, das sich auf dem Gelände des Gefängnisses befand und dem Zentralen Medizinischen Dienst des Ministeriums für Staatssicherheit unterstand. Er starb dort am 27. März 1979 an einer Lungenentzündung. 1982 wurde auch ihre Mutter in dem Gefängniskrankenhaus behandelt. Sie hatte Krebs und starb am 10. Februar 1985. Fast auf den Tag genau nach 10 Jahren Haft.

Anne schloss die Augen und rieb sich das Gesicht. Sie hatte sich zwar gedacht, dass die Akteneinsicht nicht leicht werden würde. Aber sie hatte nicht damit gerechnet, dass eine Sammlung von Daten und Fakten sie so erschüttern würde. Was sie las, bestätigte zum Teil das, was sie schon in Erfahrung gebracht hatte. Aber nun erfuhr sie detailliert von dem Schicksal ihrer Eltern, das sie kaum ertragen konnte. Die unzähligen Vermerke machten sie zur Zeugin ihrer furchtbaren Leidensgeschichte.

Anne sah aus dem Fenster und begann zu weinen. Die Trauer schnürte ihr die Kehle zu. Was hatte man ihren Eltern nur angetan, während sie wohlbehütet bei ihren Adoptiveltern aufwuchs? Ihr brach der Schweiß aus und es hielt sie nicht mehr auf dem Stuhl. Sie stand auf und erklärte der Sachbearbeiterin im Lesesaal, dass sie kurz nach draußen gehen möchte.

Die Frau sah sie besorgt an und nickte. »Sagen Sie bitte, wenn Sie Hilfe brauchen.«

»Ist schon gut. Ich möchte nur einen Augenblick an die frische Luft.« Dann zog sie ihren Mantel über.

Draußen atmete sie tief durch. Völlig aufgewühlt setzte sie sich auf eine der dort stehenden Bänke und versuchte, ihre Gedanken zu sortieren. Sie wollte eigentlich nur in den Akten etwas über die Adoption suchen, und jetzt erfasste sie eine so heftige Trauer und Wut auf diejenigen, die ihren Eltern so viel Leid zugefügt haben.

Nach einer Viertelstunde ging sie zurück in den Lesesaal und arbeitete die restlichen Materialien durch. Endlich entdeckte sie die Adoptionsdokumente. Sie las das steife Amtsdeutsch, in dem der nüchterne Text verfasst worden war, der ihr weiteres Leben und auch das ihres Bruders besiegelte. Dann fiel ihr auf, dass ihre Eltern gar nicht unterschrieben hatten. Die Zeile *Unterschrift der Eltern* war leer. Sie haben gar nicht zugestimmt. Anne blätterte hin und her, aber sie fand kein Dokument, auf dem ihre Eltern eine offizielle Einwilligung gegeben hätten. Ihr wurde immer wieder heiß und kalt, und sie spürte, wie ihre Bluse auf dem Rücken klebte. Dann wurde ihr klar, dass ihre Eltern wahrscheinlich nicht einmal erfahren hatten, was mit ihren Kindern passiert war. Eine schreckliche Vorstellung.

IM Walter hatte offensichtlich ganze Arbeit geleistet. Aber so sehr sie auch suchte, sie fand an keiner Stelle den Klarnamen oder irgendeinen Hinweis, wer sich hinter IM Walter verbarg. Sie konnte nicht erkennen, ob es ein Freund, Verwandter, Bekannter oder ein Fremder war. Er musste sich aber auf irgendeine Weise das Vertrauen des Ehepaars erschlichen haben. Wie gefährlich und wie verhängnisvoll für die beiden.

Wie kann ich in Erfahrung bringen, wer diese Person ist, fragte sie sich. Vielleicht wissen die Nachbarn in Calau ja noch etwas, dachte sie. Aber dann fiel ihr ein, dass Bob dort auch schon vergeblich nach Hinweisen gesucht hatte. Wer wollte jetzt noch freiwillig Auskunft geben nach so vielen Jahren? Wer steckt hinter dieser Person? Anne stand von ihrem Platz auf und wandte sich an die Ansprechpartnerin im Lesesaal, die sie dann aber zu der Sachbearbeiterin schickte, die ihr die Akten übergeben hatte.

Anne klopfte an ihre Bürotür und wurde hereingebeten.

»Ich habe an vielen Stellen Berichte von einem IM Walter gelesen. Der Name sagt mir gar nichts«, erklärte sie.

»Ein IM ist ein inoffizieller Mitarbeiter, der vom Ministerium ausgewählt worden ist. Die IMs haben in der Regel am unteren Ende der Befehlskette gestanden. Sie haben für die Auftraggeber spioniert, aber meistens nicht genau gewusst, was mit den Informationen passiert. Decknamen sind dabei üblich gewesen.«

Anne nickte. »Wäre es möglich, herauszufinden, wer sich hinter IM Walter verbirgt? Er taucht in den Akten meiner Eltern als Informant auf, der sie über einen längeren Zeitraum sehr intensiv bespitzelt hat.«

»Das geht aber nur dann, wenn sich der Klarname, also der bürgerliche Name des IM eindeutig aus den Unterlagen ergibt. Grundsätzlich haben Sie das Recht, diesen Namen dann auch zu erfahren. Aber dazu müssen sie einen gesonderten Antrag stellen. Im Moment kann ich Ihnen nicht mehr sagen.«

Anne nickte wieder.

»Sie haben da wirklich ein tragisches Schicksal, Frau Sommer. Ich habe ihre Akten zusammengestellt, daher weiß ich das. Stellen Sie diesen Antrag. Es kann gut sein, dass sie den Namen tatsächlich erfahren.«

Anne sagte nichts.

»Sie können auch in einigen Jahren noch einmal eine Akteneinsicht beantragen. Wir haben viele tausend Säcke mit zerrissenen Papieren in unserem Archiv, die nach und nach zusammengesetzt werden. Vielleicht ist dann auch noch etwas für Sie dabei. Auf jeden Fall sollten Sie sich vom Familiengericht das Urteil über die Aberkennung der Erziehungsrechte Ihrer leiblichen Eltern zeigen lassen. Dort steht, was man ihnen vorgeworfen hat und warum Sie und Ihr Bruder zur Adoption freigegeben worden sind«, sagte die Dame freundlich.

»Ich danke Ihnen sehr für Ihre Mühe. Eine Bitte habe ich noch. Könnten Sie bitte ein Foto kopieren, es ist das einzige, was ich von meiner Mutter habe?«

Die Sachbearbeiterin ging mit Anne zum Lesetisch zurück und schaute auf das Bild.

»Selbstverständlich. Wenn Sie noch etwas Zeit haben, dann scanne ich es ein und mache ihnen einen Ausdruck, da kann man mehr drauf erkennen als auf einer Kopie.«

»Das wäre sehr nett. Ich warte gern.«

Die Sachbearbeiterin nahm das Foto und verschwand in einem Nebenraum.

Eine halbe Stunde später verließ Anne völlig erschöpft das Gebäude und trat ins Freie. Dann lief sie zum *Trachenberger Platz*, um mit dem Bus nach Hause zu fahren. Sie war völlig aufgewühlt und gar nicht mehr in der Lage, klar zu denken.

Zitternd öffnete sie die Haustür. Im Spiegel des Hausflures nahm sie wahr, dass ihre Haare zu allen Seiten vom Kopf abstanden. Müde und kreidebleich betrat sie das Wohnzimmer, ließ sich in den Sessel fallen und umklammerte vor dem Bauch die Tasche mit den Notizen.

Als Emma ins Wohnzimmer kam, erkannte sie sofort, dass es Anne nicht gut ging. Wortlos nahm sie ihre Schwester in den Arm. »Willst du reden?«

»Später, jetzt nicht. Es war furchtbar, Emma, wirklich furchtbar.« Anne rollten wieder Tränen die Wangen hinunter.

Emma verschwand in der Küche und brachte nach ein paar Minuten eine Schale mit heißer Suppe und einen Teller mit belegten Broten und stellte alles vor Anne auf den Wohnzimmertisch.

Die saß immer noch immer zusammengekauert mit der Tasche auf dem Schoß.

Emma nahm ihrer Schwester behutsam die Tasche aus den verkrampften Händen und half ihr aus dem Mantel. Dann holte sie eine angefangene Flasche Rotwein und füllte zwei Gläser. »Iss erst mal.«

Anne löffelte die heiße Suppe aus der Schale und aß die Häppchen. Nun nahm sie einen Schluck Wein und begann zu erzählen.

Emma hörte zu, bis Anne fertig war und schwieg. Dann machte sie ihrer Empörung Luft. »Dieser verflixte IM Walter. Ob der überhaupt gewusst hat, was er angerichtet hat? Was ist in seinem Kopf eigentlich vorgegangen, frage ich mich. Ich bin sicher, dass Herr Keller auch etwas gewusst hat«, ereiferte sie sich.

»Er hat jeden Tag mit Führungskräften der Stasi zu tun gehabt. Wahrscheinlich hat er eine Menge von dem, was er gewusst hat, zu Hause gar nicht erzählt. Inzwischen glaube ich auch, dass er mehr weiß, als er zugibt«, sagte Anne. Sie nahm noch einen Schluck Wein. Langsam kehrte die Farbe in ihr Gesicht zurück.

An der Haustür waren Stimmen zu hören. Edith und Georg Sommer kamen von einem Besuch bei Freunden zurück. Sie wussten, dass Anne heute im Archiv zur Akteneinsicht war, und sie waren etwas besorgt, aber auch neugierig.

Anne tat es gut, noch einmal über das zu reden, was sie

gelesen und erfahren hatte. Schließlich sagte sie: »Der Lesesaal ist ein Offenbarungsraum, der schon viele Tränen, Ohnmacht und Wut gesehen hat. Das ist alles so privat, was in den Akten steht, und es ist alles so ungeheuerlich. Meine leiblichen Eltern sind grundlos kriminalisiert worden, und so ist der wahre Grund für die Adoption einfach verschleiert worden. Ich glaube, dass es über jeden DDR-Bürger eine Stasi-Akte gibt. Es ist bestimmt auch für euch interessant, nachzulesen, was man über euch gewusst hat und wer euch beobachtet hat«, meinte sie.

Einige Tage später telefonierte Anne mit Bob. Sie erzählte ihm ausführlich von ihrer Akteneinsicht und zählte auf, was sie gefunden hatte. »Bob, ich habe ein Foto von unserer Mutter.«

»Wirklich? Kannst du es einscannen und mir schicken?«

»Schon passiert, und ich habe es auch etwas bearbeitet, damit die Details besser zu erkennen sind. Ich schicke es dir per E-Mail-Anlage. Emma meint, ich hätte tatsächlich Ähnlichkeit mit ihr. «

Anne und Emma hatten schon vor längerer Zeit die Hochzeitsfotos von Billy und Bob sortiert und sie in einem Buch zusammengestellt, das sie in fünffacher Ausgabe drucken ließen. Bei ihrer nächsten Reise nach Lanzarote in den Herbstferien wollten sie ein Exemplar als Geschenk mitnehmen.

Die Feier hatte in der *Casa Esperanza* stattgefunden. Mit acht Personen war das auch gut möglich gewesen. Am Tag zuvor hatten die Frauen alle Vorbereitungen getroffen, sodass für jeden Geschmack Essen und Getränke vorhanden waren. Franz hatte sich angeboten, Fotos zu machen, weil Bob an diesem besonderen Tag nicht auf den Auslöser drücken durfte, sondern nur gemeinsam mit Billy das Motiv vor der Kamera sein sollte. Aber auch Michael hatte sein neues Hobby entdeckt und einige Aufnahmen gemacht.

Nun saßen die beiden Schwestern zu Hause auf dem Sofa und schauten sich die Bilder in dem fertigen Buch an und erinnerten sich an die schöne Familienfeier.

Da klingelte das Telefon.

Marianne Keller war am Apparat. Aufgeregt erzählte sie, dass sie mit ihrem Mann für November eine Schiffsreise gebucht hatte. Das Schiff würde sie zu den verschiedenen Kanarischen Inseln führen und an einem Tag auch Lanzarote ansteuern. »Was meinen Sie, Frau Sommer, würde Robert uns sehen wollen, wenn wir auf Lanzarote sind?«

»Ich weiß es nicht, aber ich kann ihn fragen, wenn Sie möchten. Nächste Woche fliegen wir wieder hin. Wann ist denn Ihr Schiff dort?«

Frau Keller diktierte Anne die genauen Reisedaten.

Als Anne am Abend mit Bob telefonierte und ihm von den Plänen seiner Eltern erzählte, war er sehr überrascht. Damit hatte er nicht gerechnet. Er wusste nicht, wie er reagieren sollte.

»Bob, es ist eine Chance für euch. Lass sie nicht verstreichen.«

»Ich fürchte mich nicht davor, in die Vergangenheit zu blicken, denn sie hat ja auch etwas Beruhigendes und gibt Halt. Ich habe schon vieles gut überstanden und daraus gelernt. Aber diese Begegnung möchte ich eigentlich nicht.«

»Es ist noch viel Zeit, darüber nachzudenken.«

»Ich werde irgendwann eine Entscheidung treffen. Wir sehen uns ja bald und können dann in Ruhe darüber sprechen.«

Anne erzählte ihm noch, dass die vier am Wochenende Beate und Franz in Berlin besuchen wollten und sich schon auf das Wiedersehen freuten.

Lanzarote, November 2004:
Wiedersehen auf der Insel

Am 23. November, pünktlich um 10 Uhr, bei strahlendem Sonnenschein und leichtem Wind, standen Billy und Bob im Hafen von *Arrecife* und warteten.

Jetzt wurde Bob doch ein wenig nervös. Billy hatte ihn überzeugt, dass er sich dieser Begegnung stellen sollte. Dass seine Eltern auf die Insel kamen, war die beste Gelegenheit dafür. Auch mit Anne und Michael hatte er in den Herbstferien immer wieder darüber gesprochen und Gründe dafür und dagegen abgewogen.

Bob wusste nicht, wie er seine Adoptiveltern begrüßen sollte. Doch als sie von Bord kamen und vor ihm standen, ging er einfach auf sie zu und gab ihnen freundlich die Hand. Dann stellte er ihnen Billy, seine Ehefrau, vor.

Billy schlug vor, nach *Teguise* zu fahren und dort einen kleinen Spaziergang durch den Ort zu machen. »So haben Sie die Gelegenheit, etwas Typisches von Lanzarote zu sehen. Gegen Mittag können wir uns dann in das Lokal gegenüber der Kirche setzen und etwas essen.«

Alle waren einverstanden.

In *Teguise* erzählte Robert seinen Eltern etwas über den Ort und die Insel.

Billy spürte, wie Bob sich langsam entspannte. Hier war er zu Hause, und in seiner Rolle als Touristenführer für seine Eltern legte sich seine Anspannung.

Nach dem Essen im Lokal zog Heinrich Keller einen Stapel noch geschlossener Briefumschläge aus seiner Tasche und reichte sie Bob.

Bob überflog die Absender. Es war ein Brief von der Universität, wahrscheinlich seine Exmatrikulation. Dann waren da noch zwei Briefe von einem Studienkollegen, der Bob im zweiten Semester wohl vermisst hatte, ein Brief von Lisa Meyer, die vielleicht noch etwas herausgefunden hatte, und drei Briefe von der Zeitungsredaktion, für die er tätig gewesen war.

Herr Keller suchte nach den richtigen Worten.

»Robert«, begann er, »wir haben nicht viel Zeit. Heute Abend sind wir wieder weg. Und wer weiß, wann wir uns wieder so gegenübersitzen werden. Deine Mutter und ich, wir möchten dir etwas sagen.«

Bob sah seine Eltern schweigend an.

»Wie soll ich anfangen? Durch meine Anstellung bei der Staatssicherheit haben wir den Nachweis über eine konforme politisch-ideologische Grundhaltung erhalten, der eine Voraussetzung für die Adoption eines Kindes gewesen ist. Als wir dich bekommen haben, sind wir einfach nur glücklich gewesen, endlich einen Sohn haben. Man hat nun von uns erwartet, dass wir aus dir einen guten Staatsbürger machen. Wir haben mit dir einfach nur eine Familie sein wollen, und nicht gewusst, dass man dich und deine Schwester zu Unrecht zur Adoption freigegeben hat. Es hat uns auch nicht interessiert.«

Herr Keller machte eine Pause.

»Aber, Robert, es hätte auch nichts geändert. Deine Eltern hätten nicht mehr für dich sorgen können. Es ist zu spät gewesen, und ich hätte in meiner Position auch nichts mehr an der ganzen Sache ändern können. Für Adoptionen ist die einzige Ministerin unseres Landes, Margot Honecker, zuständig gewesen. Ich habe da überhaupt keinen Einblick gehabt. Irgendwann hat es einmal Gerüchte über Zwangs- adoptionen gegeben. Ich habe aber nie nachgefragt, weil ich getroffene Entscheidungen der Regierung nicht in Frage stellen wollte. Das ist ein Fehler gewesen, und das tut mir auch wirklich sehr leid. Aber deine Mutter und ich, wir haben für dich wie für ein eigenes Kind sorgen wollen, und wir haben versucht, es gut zu machen.«

Bob sah seine Eltern an. Dann sagte er leise: »Aber für mich hätte es etwas geändert.«

»Bitte verzeih uns, Robert, auch dafür, dass wir nicht einmal nach dem Mauerfall mit dir gemeinsam das Ge- schehene aufgearbeitet haben«, flüsterte Marianne Keller und wischte sich die Tränen aus den Augen.

Bob sah sie an und nickte. »Mir tut auch leid, was alles geschehen ist. Wir hätten mehr miteinander reden müs- sen, und wir hätten es aushalten müssen, nicht immer einer Meinung zu sein.«

Alle schwiegen eine Weile.

Billy legte ihre Hand auf Bobs Bein und lächelte ihn an. Dann versuchte sie, die Situation zu entspannen. »Was hal- ten Sie davon, wenn wir jetzt zahlen, einen Abstecher nach *Puerto del Carmen* machen und bei uns zu Hause einen Kaffee trinken. Es wäre doch schön, noch etwas von der Insel zu sehen, bevor Ihr Schiff wieder ablegt.«

Auf dem Weg zum Auto erzählte Billy, dass sie zum Zeitpunkt der Maueröffnung bereits auf Lanzarote war. »Ich habe nicht viel mitbekommen von dieser friedlichen Revolution. Eigentlich schade. Ich kenne nur die Bilder aus dem Fernsehen. Die haben mich aber sehr beeindruckt.«

»Robert, hast du eigentlich noch die Fotografien aus der Zeit?«, wollte Heinrich Keller jetzt wissen.

»Ja, aber überwiegend nur noch die Negative.«

»Die Bilder hast du ja damals noch mit der *Exakta* gemacht, oder?«

»Ja genau. Mit der *Exakta*, die ihr mir geschenkt habt. Damit hab ich auch in der ersten Zeit hier auf der Insel mein Geld verdient. Sie hat lange gehalten und mir immer gute Dienste geleistet. Ein gutes Geschenk von euch.«

Bob schmunzelte, und auch Heinrich Keller musste lächeln.

Nachdem sie noch an einigen Sehenswürdigkeiten vorbeigefahren waren, verbrachten sie den Nachmittag zusammen in der *Casa Esperanza*.

Die Männer unterhielten sich über das Fotografieren, und Bob zeigte seinem Vater einige seiner neuen Fotos, während Billy und Marianne zusammen den Kaffeetisch deckten.

Billy fragte Marianne nach ihren Eltern und ihrer Familiengeschichte. Sie wusste ja von Anne, dass das Wohnhaus vorher ihren Eltern gehört hatte. Auch Marianne wollte von Billy wissen, woher sie kommt und warum es sie auf die Insel verschlagen hatte. »Wollen wir nicht du sagen?«, schlug sie vor.

»Ja, gerne. Übrigens habe ich noch eine Überraschung. Wir werden bald ein Kind bekommen«, verkündete Billy.

»Wie schön, das freut mich aber sehr«, strahlte Marianne und nahm Billy in ihre Arme. »Dann werden wir Großeltern.«

Nach dem gemeinsamen Kaffeetrinken stand Bob wortlos auf und verschwand für einen Moment. Als er zurückkam, machte er ein feierliches Gesicht.

»Hier ist mein erster Bildband mit Fotos von Lanzarote, ein Geschenk für euch.«

Mit diesen Worten legte er das Buch auf den Tisch.

Heinrich sah seine Frau an, dann nahm er es in die Hand und schlug es vorne auf.

Marianne rückte näher an ihren Mann heran, und beide warfen neugierig einen Blick auf die erste Seite. Dort stand unter dem Titel handschriftlich *Für meine Eltern zur Erinnerung an Lanzarote von ihrem Sohn Robert*. Die beiden waren sichtlich gerührt.

»Vielen Dank, Robert.« Heinrich blätterte Seite für Seite durch. »Du machst wirklich wunderbare Aufnahmen. Sicherlich hat der Druck viel Geld gekostet.« Er schaute seine Frau an und wandte sich dann wieder an seinen Sohn. »Du sollst wissen, Robert, wir sind immer noch für dich da, wenn du das möchtest. Wir würden uns an den Druckkosten beteiligen.«

Bob nahm das Angebot an.

»Planst du noch weitere Buchprojekte?«

»Bisher nicht.«

»Du hast schon damals viele Fotos gemacht, vor allem in der Zeit des Umbruchs. Wir haben nie damit gerechnet, dass der vierzigste Jahrestag der DDR auch der letzte sein würde, dass die Berliner Mauer verschwinden und dass

Deutschland wieder vereint sein würde. Aber dann hat sich alles in einem Tempo verändert, das uns den Atem genommen hat. Bald nach dem Fall der Mauer ist das Land auf dem Weg zur Wiedervereinigung gewesen. Rückblickend sieht es so aus, als wäre in dieser Zeit in der DDR mehr passiert, als in den vierzig Jahren vorher.«

Alle mussten schmunzeln.

»Robert, du hast in deinen Bildern so viele Stimmungen aus dieser Zeit festgehalten. Daraus kannst du bestimmt noch etwas machen. Dieses Jahr ist das alles schon fünfzehn Jahre her. Ein Bildband über diese Monate ist bestimmt sehr interessant und lässt sich gut verkaufen, wenn er so gut gemacht wird, wie dieser hier. Was meinst du?«

»Daran hab ich bisher überhaupt noch nicht gedacht. Aber es ist keine schlechte Idee.«

»Du bist in der Zeit der Veränderungen immer dicht am Geschehen gewesen und hast wirklich außergewöhnliche Aufnahmen gemacht. Mir haben sie damals schon gut gefallen, obwohl ich nichts gesagt habe. Die Negative müssen eingescannt werden, und zu den einzelnen Bildern können Infos formuliert werden. Denke mal darüber nach, Potsdam hat ungefähr fünfzigtausend Besucher im Jahr und Berlin über zehn Millionen.«

»Ich überleg es mir.«

»Am Geld sollte es nicht scheitern«, sagte Bobs Mutter.

»Hab ich verstanden.« Bob lächelte. »Danke. Ich komme darauf zurück.«

Am späten Nachmittag brachten Billy und Bob die beiden zurück zum Hafen. Vom Parkplatz aus gingen sie die wenigen Schritte zusammen bis zum Schiff.

»Robert, du hast dir wirklich eine wunderschöne Insel als

deine neue Heimat ausgesucht. Billy und du, ihr habt ein schönes Zuhause. Alles Gute auch für euren Nachwuchs«, sagte sein Vater.

»Pass auf die dich auf und auf deine kleine Familie. Sie ist etwas Kostbares.«

Marianne Keller liefen wieder Tränen über die Wangen. Bob nahm sie zum Abschied in die Arme und drückte sie an sich.

Als die Eheleute Keller die Gangway betraten, winkten ihnen Bob und Billy noch nach. Bald darauf verschwanden sie mit den anderen Besuchern im Inneren des Schiffes.

»Seltsam, sie haben mich die ganze Zeit Robert genannt. Das hat mir gar nichts ausgemacht«, meinte Bob. Er lächelte Billy an und legte den Arm um sie.

»Bob, du hast das alles heute gut gemeistert. Es war ein wichtiger Tag.«

»Findest du?«

»Ja, finde ich.« Dann fuhr sie sich mit beiden Händen durch ihre Locken, schüttelte sie und hakte sich bei Bob ein.

Bob war erleichtert. Die Begegnung mit seinen Adoptiveltern war nicht so dramatisch gewesen, wie er es sich vorher ausgemalt hatte. Wie hatte er nur all die Jahre vergessen können, dass sie es mit ihm immer gut gemeint hatten, auch wenn er ihre politische Haltung nicht teilte. Sie hatten Fehler gemacht, ja, sogar viele, aber er selbst hatte sich ja auch nicht richtig verhalten.

Zurück in der *Casa Esperanza* holte Bob gleich seine alten Negative und Abzüge hervor. Dabei fiel ihm das Heft in die Hände, dem er als Kind seinen ganzen Kummer anvertraut hatte. Er setzte sich auf einen Stuhl und begann zu blättern. Als er seine Kinderzeichnungen sah und die verzweifelten Versuche, seine Erinnerungen festzuhalten, musste er schlucken. Er nahm sich vor, Anne das Buch zu zeigen, sobald sie wieder auf die Insel kommt.

Bei seiner Suche fand er eine ganze Reihe von alten Negativen. Es wird höchste Zeit, sie zu sichern, dachte er. Das Material war schon ein wenig angegriffen. Als er die Streifen gegen das Licht hielt, erinnerte er sich wieder an die Zeit von 1989 bis 1990. Seine Bilder waren wirklich gut und die Idee mit dem Buch auch.

Am nächsten Abend rief er Anne an. Er wollte ihr erzählen, wie der Besuch seiner Eltern auf Lanzarote verlaufen war. So hatten sie es vereinbart.

Doch zuerst fragte Anne, wie es Billy ginge, denn sie wusste, dass in der *Casa Esperanza* bald drei Personen leben würden.

»Der werdenden Mutter geht's gut«, sagte er. Dann rief er zu Billy in den Nebenraum. »Anne will wissen, ob alles in Ordnung ist.«

»Alles ist in Ordnung. Das Baby strampelt schon«, rief Billy. »Ganz liebe Grüße.«

Bob berichtete nun seiner Schwester vom Besuch seiner Adoptiveltern. Dabei spürte er eine große Ruhe und Zufriedenheit. Ja, es war richtig gewesen, sie wiederzutreffen und sich auszusprechen, dachte er. »Ich habe lange überlegt, ob ich sie noch einmal sehen möchte, das weißt du ja. Aber die beiden sind meine Familie, und ich möchte nicht einfach so über ihr Leben und ihr Handeln urteilen, ohne ihnen die Chance zur Aussprache zu geben. Wir haben alle Fehler gemacht, sie genauso wie ich«, erklärte er.

»Ja, ich freue mich, dass ihr euch vorsichtig angenähert habt«, sagte Anne.

»Es ist noch vieles zu klären, und wir halten den Kontakt zueinander. Jetzt plane ich erst einmal einen Bildband mit meinen Fotos vom Mauerfall und der Zeit danach.«

»Super Idee, wirklich. Hat dein Vater dir diesen Vorschlag gemacht?

»Ja, hat er.«

»Das gefällt mir. Und es riecht auch schon nach Arbeit. Bevor du fragst, sage ich schon einmal zu, dass Michael und ich wieder das Layout machen werden.«

»Aber Anne, diesmal werde ich euch für die Arbeit bezahlen. Mein Vater hilft mir bei den Kosten. Er hat mir Geld angeboten, und ich hab es angenommen. Ich glaube, das gehört auch zu seiner Art, mir Gutes zu tun.«

»Dann nimm es auch an. Es ist schließlich für eine wichtige Sache«, lobte Anne das Projekt. »Ich bin in der Zeit mehrmals in Berlin gewesen, aber mit Emma und meinen Eltern. Vielleicht sind wir uns ja damals schon über den Weg gelaufen, ohne uns zu erkennen. Könnte doch sein.«

»Das ist durchaus möglich.« Dann erzählte er seiner Schwester von dem Heft, das er beim Durchsehen des alten Bildmaterials gefunden hatte. »Wenn du das nächste Mal hier bist, zeige ich es dir.«

»Ja, unbedingt, Bruderherz.«

Beide lachten.

Anne hatte noch eine Neuigkeit. »Ich soll dich übrigens herzlich von Lisa Meyer grüßen. Sie arbeitet immer noch im Jugendamt in Calau und kann sich noch sehr gut an dich erinnern. Natürlich hat sie sich gefreut, dass wir uns gefunden haben. Vor langer Zeit hat sie dir einen Brief geschrieben, in dem sie dir noch eine weitere Information über unsere Eltern mitgeteilt hat.«

»Ja, den Brief hat mir mein Vater mitgebracht. Unsere Eltern haben tatsächlich die Flucht in den Westen vorbereitet. Das ist der Grund gewesen, warum sie kurz darauf verhaftet worden sind. Auf solche Eltern kann man heute richtig stolz sein. Hast du noch etwas über IM Walter herausfinden können?«

»Ja. Er heißt Werner Zimmermann. Mehr weiß ich auch noch nicht.«

»Ach der. Der hat ein Stockwerk über uns gewohnt. Sein Name steht in meinem Notizheft.«

»Zimmermann hat mit uns im Haus gewohnt? Das ist ja ein Ding.

»Aber ich kann mich nur ganz dunkel an ihn erinnern.«

Anne zog die Schultern hoch. »Ich weiß aus der Zeit gar nichts mehr. Aber ich will mehr herauszufinden über diesen Zimmermann und über das, was die Stasi unseren Eltern angetan hat. Es ändert jetzt zwar nichts mehr, das ist mir klar. Aber ich will es nicht auf sich beruhen lassen, und wir sind nicht die einzigen Kinder, die ihren Eltern weggenommen worden sind. Jetzt, wo ich nachforsche, sehe ich erst, wie viele ein ähnliches Schicksal gehabt haben, und von denen immer noch viele verzweifelt nach Erklärungen suchen.«

»Ja, du hast recht, Anne, ich bin gespannt, was du noch so alles ans Tageslicht bringst.«

»Meine Schwester Emma hat sich übrigens auch auf Spurensuche begeben. Sie hat erfahren, dass ihre leibliche Mutter noch lebt. Du kannst dir ja vorstellen, was das für ein Schock für sie gewesen ist. Wir haben lange mit ihr geredet, und es hat eine ganze Weile gedauert, bis sie wieder Boden unter den Füßen gehabt hat. Sie hat sich vorgenommen, die Lücken auch in ihrem Lebenslauf zu füllen. Unsere Eltern finden das richtig. Wir verstehen uns gut mit ihnen, und das wird auch immer so bleiben. Sie sagen, es sei wichtig zu wissen, woher man kommt und welche Verwandte es noch irgendwo gibt. Vielleicht klappt es ja, und Emma kann sich mit ihrer Mutter sogar treffen.«

»Das stelle ich mir nicht gerade leicht vor.«

»Ja.« Anne atmete tief ein und aus. »Das ist wirklich nicht einfach, aber sie sagt, dass sie keine Angst vor der Vergangenheit hat. Und auch ihr Freund Alexander wird ihr zur Seite stehen, ganz gleich, was sie bei ihren Recherchen herausfindet.«

»Bei ihrer Hochzeit im nächsten Jahr soll ich Fotos machen. Den Auftrag habe ich schon«, scherzte Bob.

»Ja, genau«, lachte Anne.

Berlin und Leipzig, 2005: Rehabilitation

Anne Sommer konnte nach hartnäckigen Nachforschungen die Grabstellen ihrer Eltern Achim und Birgit Dreyer in Berlin ausfindig machen. Sofort kümmerte sie sich darum, dass das Unkraut beseitigt, frische Blumen gepflanzt und zwei Steine mit ihren Namen aufgestellt wurden. Mit Hilfe ihrer und Bobs Adoptiveltern konnte sie erwirken, dass ihre biologischen Eltern nach dreißig Jahren nicht mehr als Täter bezeichnet werden, sondern als Opfer des DDR-Regimes anerkannt und rehabilitiert worden sind. Ihre Geschichte wurde Teil eines umfassenden Dokumentationsprogramms zum Thema *Zwangsadoptionen in der DDR*.

Im Einigungsvertrag der Bundesrepublik Deutschland wurde versäumt, Zwangsadoptionen als Menschenrechtsverletzungen zu bezeichnen. Deshalb konnte den Tätern kein Gesetzesbruch vorgeworfen werden.

Annes Bemühungen, IM Walter, alias Werner Zimmermann, zur Rechenschaft zu ziehen, waren nicht erfolgreich.

Werner Zimmermann war schwer dement und lebte in einem Pflegeheim am Rande von Berlin.

Anne hatte ihn mehrmals aufgesucht und sich bemüht, mit ihm über seine Bespitzelung zu reden. Nach einigen Versuchen hatte sie aber Abstand davon genommen.

Auf der Leipziger Buchmesse im März 2005 stellte der RK-Elbe-Foto-Verlag Bob Kellers Bilddokumentation aus der Zeit von 1989 bis 1990 vor. In der Begrüßungsrede, die in der Glashalle des Leipziger Messegeländes stattfand, wurde neben anderen Werken, die in diesem Jahr ihren Platz auf der Buchmesse gefunden hatten, auch seine Arbeit lobend erwähnt. »Durch seine bewegenden Bilder hat Robert Keller ein faszinierendes Zeitdokument geschaffen«, so hieß es, »in dem deutlich wird, dass die Bürgerinnen und Bürger der DDR die Hauptrolle in der Geschichte des Mauerfalls gespielt haben. Die einen haben ihr Land, das ihnen die Reisefreiheit verweigerte, verlassen, und die anderen haben lautstark verkündet, dass es ihr Land ist, ihre Heimat, und dass sie bleiben wollen. Sie haben Reformen eingefordert, die jedoch gleichzeitig den Untergang der DDR eingeläutet haben. Durch den Druck seiner Bürgerinnen und Bürger ist der SED-Staat wie ein Kartenhaus zusammengefallen, und das hat in den folgenden Monaten zur Wiedervereinigung Deutschlands geführt. In dieser Zeit ist unglaublich viel geschehen, was auch zu großen Veränderungen in Europa geführt hat. Nach den vierzig Jahren des Stasi-Regimes sind wir Teil der Bundesrepublik Deutschland geworden und gleichzeitig Schüler, Schüler für Demokratie, Menschenrechte und Respekt. Das ist nun fünfzehn Jahre her. Die Fotos von Robert Keller spiegeln die einzelnen Stationen vom Mauerfall bis zur Wiedervereinigung hervorragend wieder, und lassen uns erinnern. Viele haben die Zeit noch selbst miterlebt, und die junge Generation kann durch seine Bilder den historischen Ereignissen nachspüren. Das Erinnern an die Vergangenheit ist wichtig. Nur so können wir lernen, in der Gegenwart die richtigen Weichen zu stellen und die Zukunft verantwortungsvoll zu gestalten.«

Nach den letzten zwei Sätzen schauten sich Anne und Emma an. Beide hatten Tränen in den Augen.

Auch die anderen Zuhörer waren ergriffen von den Worten.

Bob war bei der Veranstaltung nicht dabei. Er war auf Lanzarote bei Billy geblieben, denn die Geburt ihres Kindes stand kurz bevor.

Aber seine Familienangehörigen und Freunde hatten sich in Leipzig versammelt und wurden nicht müde, auf den großartigen Fotografen aufmerksam zu machen, der die Erinnerungen an die Wende in der DDR durch seine Bilder lebendig gehalten hatte.

Michael nahm den Ausschnitt der Rede mit einer Kamera auf und hatte vor, mit einem Video-Clip, den er ins Internet stellen wollte, Werbung für das Buch zu machen.

Franz machte Fotos vom Stand des Verlages, an dem die Besucher eng zusammenstanden und Bobs Bilder bestaunten. Das Kaufinteresse war groß, und das Buch findet bis heute zahlreiche Leser und Betrachter.

Nachwort

Die Geschwister Anne und Robert sind Personen, die in meiner Fantasie entstanden sind. Jedoch hat es solche und ähnliche Schicksale in der DDR tatsächlich gegeben. Zu den Zwangsadoptionen gibt es immer noch keine verlässlichen Zahlen. Aber in der öffentlichen Debatte ist von vielen Fällen die Rede. Das Thema bewegt die Menschen immer noch. Eine umfassende Aufarbeitung ist dringend notwendig.

Andreas Laake, selbst ein Betroffener, hat im Jahr 2014 die *Interessengemeinschaft Gestohlene Kinder der DDR e.V.* gegründet und eine Petition im Bundestag eingereicht. Bei einer öffentlichen Anhörung des Petitionsausschusses im Jahr 2018 ist er als Experte eingeladen worden. Er hat die Einrichtung einer unabhängigen Clearingstelle mit umfassenden Ermittlungsrechten gefordert. Der Leiter des Stasi-Unterlagen-Archivs sowie zahlreiche Experten aus Wissenschaft und Politik sind bei dieser Anhörung anwesend gewesen und haben das Anliegen unterstützt. Darüber hinaus werden für die Aufklärung von Zwangsadoptionen auch die Archive der Krankenhäuser, Standesämter und Jugendämter geöffnet. Es gibt bereits eine Gesetzesänderung, nach der Adoptionsunterlagen für Forschungszwecke länger als bisher aufbewahrt werden müssen.

Mich haben die einzelnen Schicksale erschüttert, und ich möchte mit der Geschichte von Anne und Robert auf geschehenes Unrecht aufmerksam machen, das auch nach dem dreißigsten Jahrestag der Wiedervereinigung die Betroffenen immer noch nicht zur Ruhe kommen lässt.

Dieses Buch ist nur durch die Unterstützung vieler Personen möglich gewesen. Ich bedanke mich bei meiner Lektorin *Uta Kegel*, die die Handlung und die Dialoge noch lebendiger gestaltet hat. Ich danke *Wolfgang Joop*, der mir erlaubt hat, seine Geschichte von der Erpressung durch die Stasi zu erzählen. Mein Dank gilt *Dagmar Hovestädt* von der Pressestelle der Außenstelle des Stasi-Unterlagen-Archivs (BStU) in Dresden für die fachliche Beratung. Auch *Andreas Laake*, dem Gründer der *Interessengemeinschaft Gestohlene Kinder der DDR e. V.*, bin ich zu großem Dank verpflichtet, denn er hat mich mit Rat und Tat unterstützt. Danke sage ich ebenso *Ingrid Gromes*, die mir zum alltäglichen Leben in der DDR zahlreiche Tipps gegeben hat, und auch meinen Testlesern *Dr. Ellen Dahlberg, Elke Kohlwey, Dr. Dieter Sadlowski* und *Prof. Dr. Werner Wenig*. Schließlich bedanke ich mich bei meinem Mann *Jürgen Moers*, der sich auf die Handlung eingelassen, gerne Korrektur gelesen und das wunderbare Titelfoto gemacht hat.

Große Teile des Romans spielen auf der Insel Lanzarote, die zu Spanien gehört und an der afrikanischen Küste liegt. Die Schönheiten dieses außergewöhnlichen Eilands, die Eindrücke vom ewigen Frühling und vom frischen Wind bilden die Kontraste zu den traurigen und düsteren Geschehnissen aus der Kindheit von Anne und Robert. In dieser besonderen Atmosphäre finden sich die

Geschwister wieder. Hier ist es für sich möglich, sich mit der schwierigen Vergangenheit auseinanderzusetzen und sich mit der eigenen Lebensgeschichte zu versöhnen.